# L'ART

## DE

# PRÊCHER

### POËME EN QUATRE CHANTS

**Par l'abbé de VILLIERS**
de la Compagnie de Jésus.

---

Trente et unième édition.

---

## PARIS

G. SANDRÉ, ÉDITEUR | SARLIT, LIBRAIRE
Rue des Prêtres-Saint-Séverin, 4. | rue Saint-Sulpice, 23.

### 1858

Paris, imprimerie de L. MARTINET, rue Mignon, 2.

# AVANT-PROPOS

En parcourant, il y a quelques jours, le poudreux étalage d'un bouquiniste du quai des Augustins, le hasard
(nous l'en remercions beaucoup) nous fit mettre la main
sur un volume que le temps n'avait point respecté, et
qui était intitulé : Poëmes et Poésies, par l'abbé ***. (Paris, 1728, in-12).

Comme nous ne connaissions de réputation ni le livre
ni l'auteur anonyme, nous allions remettre ce vieux volume dans son casier, lorsqu'en le feuilletant une der-
nière fois nous découvrîmes à la suite de la préface une
note manuscrite ainsi conçue :

« Ce volume est de M. l'abbé de Villiers, un des écrivains les plus recommandables de la fin du dix-septième
siècle. Il contient, en outre de quelques autres poésies,
*L'Art de prêcher*, poëme en quatre chants, dans lequel
l'auteur s'est plu à donner aux jeunes prêtres qui se pro-
posent de monter en chaire, les conseils les plus judi-
cieux.

» Les contemporains de M. l'abbé de Villiers ont été
justes envers lui ; et si l'on peut juger du mérite d'un
livre sur son succès, nul ne fut plus apprécié que celui-
ci puisqu'il a été réimprimé plus de trente fois, de 1682
à 1728. »

Cette note n'était point signée ; mais comme ces mots :
*Ex libris N.S. Bergier*, que l'on avait écrits sur le fron-
tispice, étaient évidemment de la même main, nous avons
dû supposer avec raison qu'elle émanait de ce savant et
laborieux théologien. Sur cette autorité, nous achetâmes

ce volume. Depuis, nous l'avons lu et corrigé avec soin,
et sur cette lecture plusieurs fois recommencée, nous
nous sommes décidé à donner à ce petit poëme, presque deux fois centenaire, une existence nouvelle. Sera-
t-elle aussi brillante que celle qu'il eut jadis ? Nous
n'osons pas l'espérer. Cependant nous affirmons en toute
conscience à MM. les séminaristes, que cet opuscule
sera pour eux, comme il le fut jadis pour leurs aînés,
une lecture utile et agréable. « On y trouve, dit un
écrivain de notre époque, de bonnes instructions,
assaisonnées parfois du sel de la plaisanterie, lesquelles
n'en sont pas moins propres à former des prédicateurs ;
et les règles de la véritable éloquence, celles de la chaire
surtout, y sont exposées avec précision et clarté [1]. »
Si donc quelques-uns d'entre eux veulent bien être de
notre avis, nous ne regretterons pas d'avoir exhumé
des catacombes de la librairie cette petite rareté biblio-
graphique.

Un mot encore. La *Bibliographie* de Quérard ne men-
tionne que dix-huit éditions de ce livre. Mais si nous
nous en rapportons à la note de Bergier, au *Dictionnaire
des Anonymes* de Barbier, et a la *Biographie universelle*
de Michaud, il nous paraît avéré que ce petit poëme a été
réimprimé plus de trente fois. Nous acceptons ce dernier chiffre ; et pour renouer la chaîne des temps, pour
qu'un bon sentiment rattache, dans cette circonstance,
le présent au passé, nous inscrivons hardiment au fron-
tispice de cet opuscule que nous publions pour la pre-
mière fois, la marque glorieuse d'une trente et unième
édition ! Honni soit qui mal y pense !

G. SANDRÉ.

(1) *Biographie universelle*, 1827, tome XLIX, page 94, art. VILLIERS.

# L'ART

DE

# PRÊCHER

## CHANT PREMIER.

Enfin tu vas prêcher : la liste le publie [1],
Et fait voir à la fois ton nom et ta folie.
Mais de tous les métiers où l'on peut s'attacher,
Sais-tu que le plus rude, abbé, c'est de prêcher?
   « Ce métier, diras-tu, n'a rien pour moi de rude ;
J'ai des forces, du feu, de l'esprit, de l'étude ;
On m'a vu sur les bancs, et jamais bachelier
N'a su, ni mieux que moi, ni plus souvent crier.
Je possède la langue ; et pour l'air et la grâce,
Il n'est point à la Cour d'abbé qui me surpasse.
J'ai le geste... il faut voir ! la main belle, l'œil vif ;
Je rends à mes discours l'auditeur attentif ;
Ma voix d'un ton perçant le frappe et le réveille.
Et jusqu'aux derniers rangs va chercher son oreille.
Avec moins de talent vingt abbés ont prêché,
A qui bientôt la chaire a valu l'évêché.
J'attends de mes sermons la même récompense,
En un mot, c'en est fait, mercredi je commence. »
   Abbé, laisse, crois-moi, ce dessein imprudent,
Ou diffère du moins, et viens, en attendant,
T'instruire dans mes vers et te prêcher toi-même.
Assez d'autres sans toi prêcheront ce Carême,
Assez qui, se trouvant sans chaire et sans emploi,
Viendront briguer l'honneur d'y pérorer pour toi.

Prêcher n'est point un art dont la noble science
S'acquière par l'étude ou par l'expérience ;
Dieu qui le connaît seul, qui seul peut le donner,
Ne le donne qu'à ceux qu'il veut y destiner.
　　Ces beaux, ces grands talents que tu viens de décrire,
Le geste, l'air, la voix, nous servent pour bien dire.
Par là sur le théâtre on applaudit l'acteur,
Par là dans le Palais on vante l'orateur ;
C'est par là, du bon droit que prenant la défense,
Lamoignon se distingue et charme à l'audience [2],
Quand d'un esprit si juste et d'un style si net,
D'une cause embrouillée il expose le fait,
Et laissant des plaideurs la longueur inutile,
Il rétorque en deux mots ce qu'ils ont dit en mille.
　　Mais ce qui rend ailleurs l'orateur excellent
N'est du prédicateur que le moindre talent,
Et si l'Esprit de Dieu n'anime sa parole,
C'est un déclamateur, un orateur frivole.
　　Tu ne l'ignores pas, oui, l'on doit, en prêchant,
Convaincre l'incrédule, étonner le méchant,
Et loin des passions où l'âme est égarée,
Faire suivre aux pécheurs une route assurée.
Mais tu cherches par qui ce miracle est produit....
« Dieu seul, te dira-t-on, fait mûrir ce bon fruit,
Seul il tient en sa main cette grâce puissante,
Et l'homme seulement arrose, sème, plante ;
Mais il arrose, sème et plante vainement,
Si Dieu de ses desseins ne le fait l'instrument,
Et sur le tronc stérile où le fruit doit paroître
Ne répand la vertu qui seule le fait croître. »
Voilà ce que saint Paul, abbé, te répondra [3],
Et ce que mieux que lui la raison t'apprendra.
Mais crois-tu qu'à ta voix Dieu sur le tronc stérile
Fera naître le fruit et germer l'Évangile ?
Consulte-toi, réponds.... : hé bien, qu'en penses-tu ?
　　Si ta voix a du ciel reçu cette vertu,
Si ton cœur est brûlant des ardeurs de ce zèle
Dont l'apôtre, envoyé chez un peuple infidèle,
Multiplia partout les prodiges vainqueurs
Qui gagnèrent soudain et changèrent les cœurs,

Je ne t'arrête plus ; va prêcher, monte en chaire,
A l'erreur, au péché cours déclarer la guerre,
Et tu verras bientôt, prompts à se convertir,
Les pécheurs à tes pieds porter leur repentir.
    Mais de tant d'orateurs si tu suis la maxime,
Du public en prêchant si tu brigues l'estime,
Si tu veux, peu sensible aux progrès de ta foi,
Quand tu parles de Dieu, qu'on ne pense qu'à toi :
Ce n'est point là prêcher, c'est faire dans l'église
Le métier qu'au théâtre à peine on autorise,
Et que l'acteur Baron , moins que toi criminel[4],
Exerce tous les soirs en jouant à l'Hôtel [5].
    « Eh ! qui sait, diras-tu, si l'ardeur qui m'enflâme
N'est point ce feu divin allumé dans mon âme ;
Et si Dieu, qui toujours fut maître de son choix,
Pour convertir les cœurs n'a point choisi ma voix ? »
    Sur ce doute, en deux mots, veux-tu qu'on t'éclaircisse ?
Écoute encor, réponds, parle sans artifice.
    Toi qui veux réformer les vices des chrétiens,
As-tu pris soin, dis-moi, de corriger les tiens ?
Et si la mode était, à la fin du Carême,
De prêcher à son tour le prédicateur même,
Crois-tu qu'on ne pût pas, sans ailleurs en chercher,
Par tes propres sermons toi-même te prêcher ?
Laisse-moi sur ce point te conter une histoire
Qui des plus à propos revient à ma mémoire ;
Écoute en souriant cet amusant récit,
Et dans ton intérêt sache en tirer profit.
    Certain prédicateur, homme éloquent, habile,
Et qui d'un air touchant annonçait l'Évangile,
Contre l'excès du luxe ayant un jour prêché,
Un bourgeois, homme simple, en eut le cœur touché,
Et sortant du sermon, alla dire à sa femme
Qu'il allait tout quitter, voulant sauver son âme.
— Tout quitter ! reprit-elle. — Oui, c'est ce qu'il a dit :
« Il faut pour se sauver n'avoir qu'un seul habit ; »
J'en ai deux, j'en garde un ; pour l'autre, va le prendre,
Et porte à l'Hôtel-Dieu l'argent qu'on peut le vendre.
— Ne peut-on adoucir ce sévère docteur,
Dit-elle, et voir un peu ce beau prédicateur ?

Elle va, court chez lui; mais : Monsieur est à table,
Lui répond un valet, d'un ton peu charitable.
—J'attendrai. — D'aujourd'hui vous ne pourrez le voir,
Dès qu'il se met à table il en a jusqu'au soir.
— Ce soir je reviendrai... — Non, c'est peine inutile,
Monsieur n'y sera pas, il doit jouer en ville.
— Et demain ? — Oui, demain, venez à son lever,
Comme il se lève tard vous pourrez le trouver.
Elle vient à midi. — Vous demandez mon maître ?
Dit le valet, bientôt vous le verrez paraître,
Attendez...— Quoi ! si tard il est encore au lit ?
— Non, pour aller aux champs monsieur change d'habit.
— Change d'habit! dit-elle, adieu, je me retire;
Puisqu'il a deux habits je n'ai rien à lui dire.
Elle sort aussitôt, et va faire au logis
Le conte du repas, du jeu, des deux habits,
Et l'exemple aisément dissipa le scrupule
Que donnait le sermon à ce bourgeois crédule.

C'est ainsi qu'en prêchant on n'obtient aucun fruit ;
Le sermon fait du bien, l'exemple le détruit.

En vain, exact aux lois pour la chaire prescrites,
Tu fais valoir bien haut tes sermons hypocrites ;
Si tu veux me toucher, fais que je trouve en toi
Les vertus qu'en prêchant tu veux produire en moi.
Chacun en t'écoutant réfléchit, te contemple,
Et cherche à chaque mot ta preuve en ton exemple,
Le discours plaît, instruit, gagne l'attention,
L'exemple persuade et fait impression.

T'en es-tu souvenu ? Joindras-tu la pratique
Aux leçons des vertus que ta voix nous explique,
Et voulant du salut nous ouvrir le sentier,
T'y verra-t-on paraître et marcher le premier ?

As-tu dans une vie humble, mortifiée,
Une âme, aux passions, aux sens crucifiée ?
As-tu prié, veillé, jeûné, pour obtenir
De pouvoir dans la chaire, humble, te soutenir;
Mépriser du succès la gloire éblouissante,
Souffrir qu'on la partage, et d'une âme contente,
Loin d'en être jaloux, toi-même encourager
Ceux qui, non moins goûtés, pourraient la partager ?

Es-tu sûr que ton cœur soit si libre d'envie,
Que lorsqu'une autre voix également suivie
Viendra te dérober ta vogue et ton fracas,
Tes yeux déconcertés ne te trahiront pas ?
Qu'aucun mot malveillant ne punira l'audace
Du goût qui fait valoir le rival qui t'efface ;
Et qu'on ne juge enfin, que ton zèle, pour but,
N'avait pas des pécheurs tellement le salut,
Qu'en secret affligé, ton orgueil ne s'irrite
Que de les convertir un autre ait le mérite ?

N'imiteras-tu point ceux qu'on voit s'oublier
Jusqu'à trancher du grand dans cet humble métier,
Et du moindre succès que la chaire leur donne,
Prendre un air suffisant, qui ne trouve personne
Digne d'être connu, cultivé, visité,
S'il n'offre à leur orgueil un nom de qualité ?
Souviens-toi de quel air parle et se présente
Celui que si souvent tu trouves chez Timante :
Il arrive, et déjà trois fois il a cité
Le duc qu'il vit hier ; trois fois il a conté
Ce qu'est venu tantôt lui dire en confidence
Un de ses bons amis, un maréchal de France !
Infatué des grands qu'il nomme à tout propos,
Aux bourgeois, ses parents, il refuse deux mots ;
Croyant avoir acquis des titres de noblesse,
En prêchant de la croix l'opprobre et la bassesse.

A tant d'autres écueils dans la chaire exposé,
Avant que d'y monter t'es-tu bien disposé ?
As-tu mis à te vaincre, à te changer toi-même,
Autant d'attention qu'à faire ton Carême ?

Non, ce point est le seul qui te soit échappé,
Sans prendre d'autres soins, tu ne t'es occupé
Qu'à faire des sermons, les polir, les apprendre,
Et trouver une chaire où l'on voulût t'entendre.

Ce n'est qu'à ces moyens qu'on se croit obligé,
Et le plus important est le seul négligé.
Souvent même, souvent, loin de la prendre à tâche,
En prêchant la vertu, la vertu se relâche,
Et l'on croit même encor devoir s'en relâcher
Par la peine et le soin qu'on prend à la prêcher.

Mais quoi ! peut-on, dis-tu, joindre une vie austère
Au fatigant travail de ce dur ministère,
Aux veilles de l'étude, où l'on se doit entier ?
La poitrine d'ailleurs s'épuise en ce métier ;
Si l'on ne se ménage, enfin l'on s'y consume.
Voit-on prêcher quelqu'un qui jamais ne s'enrhume ?
Voudrait-on que son lit ne fût pas étoffé,
Et qu'un prédicateur ne prît point de café ?
Vivra-t-il en reclus, quand chez lui son mérite
Attire chaque jour visite sur visite ?
Veut-on que de son air on sorte rebuté ?
Qu'il ne visite point, quand il est visité ?...
     Non, j'accorde qu'il doit être honnête, accessible,
Qu'une retraite entière est alors impossible,
Que son zèle a besoin de voir et d'être vu,
Que de certains plaisirs il peut être pourvu,
Dispensé des devoirs qui sont incompatibles
Avec le dur travail et les veilles pénibles
Que demande un sermon avec soin préparé ...
Ce n'est point ce qu'en lui l'on verra censuré.
Il peut voir ses amis sans se rendre coupable,
Les suivre à la campagne, et paraître à leur table ;
Mais il faut qu'à ces soins, ces plaisirs, ces repas,
Il se prête à regret et ne se livre pas ;
Que partout sa conduite à ses sermons réponde,
Et qu'il prêche d'exemple au milieu du grand monde.
     Tes sermons sont tout prêts ; mais toi-même l'es-tu
De faire en te montrant honorer la vertu ?
De faire condamner jusqu'à l'ombre du crime,
D'exprimer par tes mœurs ce que ta voix exprime,
Et de ne point donner sujet de soupçonner
Que tu fais ce qu'en chaire on t'entend condamner ?
     Dis, car si l'on te voit au grand monde te plaire,
Chercher l'amusement, goûter la bonne chère,
En ville, à la campagne, en carrosse amené,
Nourri de mets exquis, dorloté, promené,
On ne pourra t'entendre attaquer la mollesse,
Louer la pauvreté, réprouver la richesse,
Sans rire des sermons que tu crois applaudis,
Et te croire semblable à l'homme aux deux habits.

Encor, si ne faisant qu'en railler et qu'en rire,
Aux seuls prédicateurs se bornait la satire :
Mais la foi même en souffre, et l'incrédulité
Autorise par là son indocilité.
Le sceptique insensible et la femme mondaine,
Cherchant à s'étourdir sur la foi qui les gêne,
Qui parle en dépit d'eux, et prêche au fond du cœur,
Saisissent ce prétexte, et vont d'un ton moqueur
Demander : « Croyez-vous, messieurs, ce que vous dites ? »
Des vérités qu'il voit par leurs mœurs contredites
L'impie, en ses erreurs aimant à persister,
Prend et l'occasion et le droit de douter ;
Trop aveugle pour voir que la foi dont il doute
Ne se mesure point à la voix qu'il écoute,
Mais à celle de Dieu, qui lui-même a dicté
Et des préceptes saints fait voir la vérité.
S'il faut tout dire enfin, quand celui qui l'annonce
Semble trahir sa foi, le pécheur la renonce.
Peut-il, aveugle et sourd, en user autrement ?
Et croit-on qu'un pécheur, faux dans son jugement,
Et toujours ennemi, quelque semblant qu'il fasse,
De la voix qui l'instruit, l'accuse et le menace,
Voit un prédicateur partager des mondains
La table, les plaisirs, les amusements vains,
Passer chez eux, oisif, les beaux jours de l'automne,
Sans trouver que la voix qui le prêche et l'étonne
Lui fait craindre toujours des maux exagérés,
Et que tous les sermons sont des discours outrés ?
C'est là le triste effet, qu'en ce saint ministère,
Produit souvent l'exemple aux préceptes contraire :
Ainsi, qui dans la chaire est monté sans vertu,
Et dans un corps toujours fragile et combattu,
Ne s'est pas efforcé, par de saints exercices,
D'arracher de son cœur jusqu'à ses moindres vices,
Court risque d'affaiblir la foi qu'il vient prêcher,
Et d'endurcir les cœurs qu'il aurait dû toucher.
C'est là ce que surtout, puisqu'il ne faut rien feindre,
Un homme comme toi doit plus qu'un autre craindre ;
Toi qui, d'un vain orgueil aimant à te flatter,
Dans la chaire soudain cours te précipiter.

De grâce ! n'en fais rien, résous-toi de te taire ;
Retourne, cher abbé, retourne au séminaire
Renfermer pour cinq ans cet aveugle désir,
Et de tous tes devoirs te convaincre à loisir.
Là, demandant à Dieu la vertu véritable,
Là, devenu dévôt, humble, doux, charitable,
Libre enfin des défauts qu'on te peut reprocher,
Je te croirai du ciel envoyé pour prêcher.
    Ce conseil te fait peur.—Quoi ! cinq ans de retraite !
Non, non, je veux prêcher, c'est une affaire faite ;
Mercredi l'on m'attend ; la paroisse, je crois,
Recevrait joliment qui s'offrirait pour moi.
Et puis, vous le savez, ma parole est donnée.
Je l'ai sur le registre avec mon nom signée.
Voulez-vous que manquant au Carême promis,
J'afflige mes parents, j'irrite mes amis,
Qui tous avec chaleur ont brigué cette chaire,
Et pour me l'obtenir remué ciel et terre ?
Ah ! puisqu'elle est à moi, je la veux conserver.
Une chaire n'est pas si facile à trouver.
Je n'ai point, il est vrai, les vertus d'un apôtre,
Mais je suis honnête homme, et je vis comme un autre ;
Tel, qui n'est pas meilleur, voit la foule après lui,
Et la vertu n'est pas ce qu'on suit aujourd'hui.
    Achève, et puisqu'enfin ta chaire est retenue,
Découvre-nous, abbé, ton âme toute nue ;
Apprends-nous par quel art tu prétends attirer
Des auditeurs en foule, et t'en faire admirer ;
Car tu n'espères pas que ce soit ton mérite...
Tu sais d'autres moyens de te faire une suite,
Et d'avoir chaque jour un public invité,
Chargé de t'applaudir sans t'avoir écouté ?
    Tu rougis, et tu crains que ma muse sincère
N'aille, de ta cabale éclairant le mystère,
Montrer de quels moyens tu te seras servi
Pour attirer la foule et te croire suivi.
    Il est vrai qu'en un champ si propre à la satire,
A tes dépens, abbé, je pourrais faire rire ;
Mais tu n'es pas le seul. Peu de prédicateurs
Auraient sans ces moyens de nombreux auditeurs.

Du moins en voyons-nous, de qui l'heureuse adresse
Sait d'une forte brigue appuyer leur faiblesse,
Et qui d'amis puissants en chaire protégés,
Ont toujours en prêchant des auditeurs gagés.
    Tu peux les imiter sans honte et sans scandale;
Va, sois prédicateur par brigue et par cabale:
La mode en est partout, et l'on n'en rougit plus.
Ce fut par là qu'Harpage accrut ses revenus,
Et rendit autrefois sa famille puissante.
Il fut riche, il avait dix mille écus de rente;
Partout de bons contrats assuraient ses deniers;
Deux fils d'un si grand bien étaient seuls héritiers :
— «Dix mille écus pour deux, c'est trop peu, dit Harpage,
L'Église à mon cadet ouvre un autre héritage.
Qu'il prêche, c'est ainsi que l'on devient prélat.
— Mais a-t-on la vertu comme l'épiscopat?
L'éloquence, l'esprit, la Cour les donne-t-elle?
Il faut à ce haut rang que le ciel nous appelle.
—Bast! à prêcher, mon cher, le ciel l'a destiné;
Mon fils sera prélat puisqu'il n'est point l'aîné.
Le ciel régla son sort en réglant sa naissance;
Allons! que vers l'Église on tourne son enfance.
Lui faut-il des talents? eh bien! il en aura;
Faut-il prêcher? eh bien! un jour il prêchera.»
    Engagé de la sorte, enfin le jour arrive
Qu'accourt pour l'écouter la famille craintive,
Et que le jeune abbé fait admirer en lui
Le geste, l'air, le ton et le sermon d'autrui.
— «D'où vient cet embarras, ces carrosses de file?
Quel spectacle nouveau fait accourir la ville?
—Quoi donc! l'ignorez-vous? chacun court au sermon,
C'est l'abbé.. — Qui? — L'abbé... vous connaissez son nom,
Le fils d'Harpage. — Il prêche?—Oui. — C'est assez; de grâce,
Son père est mon ami, faites-moi donner place.»
C'est ainsi que l'on parle, et n'osant y manquer,
Chacun court au sermon se faire remarquer.
    Eh quoi! d'un tel succès on ose tirer gloire!
On ose se vanter d'un nombreux auditoire
Dont la moitié se doit au sang, à l'amitié,
Et dont la politique a fait l'autre moitié!!!

Encor si de cet art on n'employait l'adresse
Que pour encourager la timide jeunesse;
Si l'orateur un jour, par la foule excité,
Méritait ce que jeune il n'a pas mérité!
Mais on voit qu'à tout âge, en prêchant des Carêmes,
Il faut briguer la chaire et les auditeurs mêmes.
  Cette nécessité fait aux prédicateurs
Une loi de répondre à tant de soins flatteurs
Dont le monde malin les cherche et les caresse.
Le pécheur, je l'ai dit, accuse leur mollesse
Et s'en raille toujours. Mais qu'y faire? il faut bien
Voir le monde, y trouver du crédit, du soutien,
Si l'on veut obtenir des chaires que personne
N'obtient qu'ayant accès chez celui qui les donne.
  Quel parti prendront-ils? Voudrait-on qu'invités
Chez l'usurier Argan de passer les étés,
Ils n'y vinssent qu'armés de zèle, pour combattre
Le pillage égorgeant du criant denier quatre?
Oui, mais dans la paroisse Argan, quoiqu'usurier,
Se rengorge dans l'Œuvre et s'assied marguillier!
  Iront-ils, régalés chez la veuve Climène,
Cette dévote altière et mauvaise chrétienne,
Blâmer des faux dévots la folle vanité,
Lui prêcher le devoir, la raison, l'équité,
L'amour de ses enfants, et la trouvant rebelle,
Jeter de leurs souliers la poussière contre elle?
  Ils le feraient; mais las! Saint-Roch et Saint-Méry,
Saint-Germain et Saint-Paul ont de feu son mari,
Pour marguilliers en chef, le cousin, le beau-frère,
Et les petits-cousins du fils de sa grand'mère!
Voudrait-on que leur zèle, en élevant sa voix,
Leur fît manquer Saint-Roch, Saint-Germain l'Auxerrois?
  Non, non, pour une chaire, et de cette importance,
On doit leur pardonner un peu de complaisance;
Pour de moindres, combien d'autres font-ils de pas!
Il n'est manége, adresse, enfin, rien de si bas,
Qui ne leur soit permis pour occuper leur zèle.
D'un nouveau marguillier leur dit-on la nouvelle,
Les voilà sur la voie, et chacun le premier
S'efforce de complaire au nouveau marguillier.

Il n'a point de parents que l'on ne sollicite,
Il n'est point d'importuns que l'on ne lui suscite.
Tel même, de qui peut à ce rang parvenir
Fait tirer l'horoscope ; et quand dans l'avenir
L'étoile qui préside au sort de la fabrique
Donne d'un marguillier la preuve astronomique,
Dix ans auparavant on va briguer la voix
De celui dont l'étoile a fait lire le choix.

   Mais c'est peu d'obtenir une chaire importante,
Si l'on n'est point suivi d'une foule éclatante.
Plus le temple est célèbre, et vaste, et fréquenté,
Plus il est douloureux d'y prêcher déserté.

   O ! quels prédicateurs sont assez intrépides
Pour soutenir l'aspect de chaises toujours vides ?
Et braver des bedeaux, trompés dans leur espoir,
La verge menaçante et l'œil perçant et noir ?

   En est-il qui d'abord ne perde pas courage,
Quand trouvant à sa chaire un facile passage,
Il n'a pas le plaisir d'être foulé, froissé ;
Ou quand, de vide en vide, il voit triste et glacé
Un auditeur qui semble, à l'air dont il écoute,
Regretter le gros sou que sa chaise lui coûte ?
Peut-il dire un sermon, et le fournir entier,
Quand il peut voir debout, auprès du bénitier,
De nombreux auditeurs, à qui pour être à l'aise,
La loueuse de loin offre et montre une chaise,
Sans qu'aucun vienne, approche, et daigne, en se plaçant,
Remplir ce large espace et ce vide offensant ?

   Peu, comme Bavius, s'aveuglent jusqu'à croire
Qu'ils ont, quand on les fuit, un nombreux auditoire,
Et de les consoler épargnent l'embarras,
En disant qu'ils ont fait quelque petit fracas.
La plupart ont la vue et plus juste et plus nette,
Et la nature en tous n'a pas mis la lunette
Qui sert à l'amour-propre à grossir les objets.
Tant de prédicateurs à la grêle sujets [7]
En ont à cœur la honte, et la vue assez bonne
Pour ne point voir de foule où l'on ne voit personne.

   C'est donc pour éviter ce squelette hideux
De chaises et de bancs arrangés autour d'eux,

Pour s'épargner l'horreur du large et vide espace,
Où court d'un pas léger le bedeau qui les passe ;
C'est pour ne point subir ces affronts insultants,
Qu'ils placent dans la nef leurs amis complaisants,
Et que sans en rougir ils se donnent la gloire
D'avoir, quand ils prêchent, un nombreux auditoire.
　　　C'est ce que tu feras…— Comment faire autrement ?
Réponds-tu, c'est l'usage. — Ah ! cher abbé, comment ?
Sois un saint, cherche moins à prêcher qu'à bien vivre,
Tu verras à l'envi tout le monde te suivre,
Les prélats te chercher. Alors de tes emplois,
On ne te verra point, délicat sur le choix,
Rebuter l'artisan qui tout tremblant hésite
A te nommer la chaire à laquelle il t'invite,
Et ne t'apprend enfin que c'est Saint-Pierre aux Bœufs[8]
Qu'après t'avoir cité quatre docteurs fameux,
Qui dans le même lieu n'ont point, comme tant d'autres,
Dédaigné de louer le prince des apôtres.
　　　Ne cherchant que les cœurs, tout cœur te sera bon,
Et tu ne croiras pas avilir ton sermon,
N'ayant pour auditeurs que des gens sans carrosse,
Ni te déshonorer en prêchant à Saint-Josse.
Il n'est aucune église, aucun temple, aucun lieu,
Dont n'ayant d'intérêt que l'intérêt de Dieu,
Ton zèle ne s'honore, et ne coure avec joie
Préparer la moisson du Seigneur qui t'envoie.
　　　Loin de t'enorgueillir d'avoir prêché les rois,
Tu chercheras le pauvre, et de la même voix
Qui charmera la Cour, qu'applaudira le prince,
Tu te feras entendre au fond de la province.
Partout, sans te lasser et sans te démentir,
On te verra chercher des cœurs à convertir ;
Tantôt dans le village instruire l'ignorance ;
Tantôt dans l'hôpital consoler la souffance ;
Tantôt aux prisonniers apprendre à prévenir
De plus grands maux que ceux dont on les doit punir.
　　　Crois-tu que remplissant ainsi ton ministère,
Et plein d'un zèle ardent, courageux et sincère,
Tu puisses d'auditeurs et de chaires manquer ?
Non, mon cher abbé, non. Tu l'as pu remarquer

Dans les siècles passés, peut-être dans le nôtre,
Ce que peut la vertu, le zèle d'un apôtre.
Ces saints prédicateurs qui vivent retirés,
Ne sont-ils point partout recherchés, admirés?
Sans brigue, sans appui, dès qu'ils montent en chaire,
Leur nom seul après eux conduit toute la terre;
Et pourtant ils ne vont qu'au pêcheur pénitent
Qui leur ouvre son cœur soumis et repentant!
  Vois maintenant le sort de celui qui s'intrigue,
Et n'a des auditeurs, des chaires que par brigue.
— « Ce prêtre va partout, on le voit à la Cour,
On le trouve à Paris, » me disait l'autre jour
Un homme, observateur zélé des bienséances;
« Pourquoi, nous fatiguant de fades révérences,
Abordant qui le suit, le voit-on s'obstiner
Par de sots compliments à nous assassiner?
—Pourquoi? dis-je aussitôt; il faut qu'on vous instruise;
Trouvez-vous au sermon, dimanche, en telle église. »
Il y vient, il y trouve un grand monde assemblé,
Il reconnaît celui dont il m'avait parlé,
Qui de mots affectés et de vaines pensées
Repaissait les brebis qu'il avait rassemblées.
— « Hé bien, lui dis-je alors, demandez-vous pourquoi?
—Non, dit-il, c'est assez, maintenant je le voi,
Écoutons. » Ce fut là que s'échauffa sa bile.
— « Est-ce ainsi, me dit-il, qu'on prêche l'Évangile ?
Est-ce là d'un apôtre et l'air et le discours?
Puisqu'il en a besoin, qu'il cherche du secours;
Qu'il aille aux marguilliers rendre un honteux hommage,
Et par ses lâchetés achetant leur suffrage,
Qu'il obtienne qu'en chaire on le laisse monter.
Mais à quoi bon pourtant ce qu'il vient débiter?
Ces mots, ces riens brillants qu'avec pompe il étale?
Quels bizarres portraits! Quelle vague morale!
Sortons, ami, sortons...—Arrêtez...—Je ne puis,
Sortons encore un coup. » Il sort, et je le suis,
Et j'approuve en sortant son zèle et sa colère.
  Mais toi qui désireux de ce saint ministère,
Sembles n'attendre plus que l'heure pour prêcher,
Abbé, crois-tu qu'alors il ait dû se fâcher?

# CHANT DEUXIÈME.

Réponds-moi, cher abbé, sais-tu bien de quel style
On doit parler en chaire et prêcher l'Évangile?
Sais-tu quel choix de mots, de phrases et de tours,
Et quel sublime enfin convient à ce discours?
　　Il doit être éloquent; mais la vraie éloquence,
Dans le sermon surtout, n'est pas ce que l'on pense;
Et le sublime propre à ce discours sacré
Plus que jamais, peut-être, est encore ignoré.
—« Plus que jamais? hé quoi! les sermons qu'on estime,
Que l'on suit, que l'on court, n'ont-ils pas de sublime?
N'est-ce pas au contraire, en ce siècle éclairé,
Que de mots malsonnants le discours épuré,
Du bon sens et du vrai soumis aux lois sévères,
A trouvé le sublime ignoré de nos pères?
C'est là du moins, c'est là ce qu'on dit tous les jours. »
On le dit, je le sais, mais laissant les discours
Qu'en dépit du bon sens tous les jours on imprime,
Penses-tu qu'un sermon soit éloquent, sublime,
Où l'art paraît d'abord par le tour affecté,
Qui cherche du brillant l'ennuyeuse beauté?
Où le terme nouveau, l'épithète hardie,
Ne servent qu'à former une phrase arrondie,
Et dont l'arrangement toujours harmonieux
Atteste un soin puéril et trop minutieux?
Où de la métaphore on s'égaie aux licences,
Où le prédicateur, esclave des cadences,
Semble n'avoir à cœur rien de plus important
Que le soin de charmer l'oreille qui l'entend?
　　C'est là ce qu'aujourd'hui des gens nomment sublime,
Et toi-même croyant que c'est ce qu'on estime,
Tu n'as lu, copié que les auteurs nouveaux,
Dont l'orateur novice adoptant les lambeaux,

Vient, fier de ses larcins, nous rendre avec emphase
Les termes hasardés et l'insolente phrase.
Choisis mieux, et toujours te faisant une loi
De ne rien emprunter qui ne soit bien à toi,
Tâche, par le travail, de te former un style,
D'en bien choisir le genre et de t'y rendre habile.
  Ce qu'on appelle style est un arrangement
De termes assortis, qui tous également
Semblent, quoique divers, couler de même source,
Et sans se désunir, fournir la même course;
Un fleuve que le vent, qui le vient agiter,
Ne fait point de son lit sortir ou s'écarter,
Mais qui, tantôt tranquille, et tantôt dans l'orage,
N'a que les mêmes eaux et le même rivage.
  Ainsi toujours égal, ton style doit, en prêchant,
Tantôt couler tranquille, et tantôt vif, touchant,
Courir impétueux où ton zèle t'emporte,
Des bornes du sermon sans que jamais il sorte,
Et vienne audacieux entraîner dans son cours
D'un discours étranger les termes et les tours.
  C'est par de tels écarts que l'auteur malhabile,
En croyant l'enrichir, anéantit le style,
Et donne pour sublime un informe chaos
De termes et de tours placés mal à propos;
Qu'il rampe d'un côté sans forces et sans grâces,
De l'autre tout à coup monte sur des échasses,
Et dans un long discours, poëte et prosateur,
N'est pour tout dire, enfin, qu'un fort mauvais auteur.
  Connais mieux le génie et le tour du langage;
Apprends de chaque terme et la force et l'usage;
Toujours en écrivant exact et retenu,
Donne-nous un sermon égal et soutenu.
Noble sans te guinder, naturel sans bassesse,
Sache semblant la fuir rechercher la justesse,
Et dans un style pur, où rien n'est affecté,
Conserver l'élégance et la simplicité.
  Va te former ce style en lisant l'Écriture;
Là tu reconnaîtras la voix de la nature;
Chaque mot, chaque trait te fera démêler
Comment on parle au cœur, et le cœur doit parler.

Là tu pourras sentir d'une phrase énergique
Et des mots bien placés la force pathétique ;
Là tu pourras apprendre à mettre dans son jour
Ce qui doit inspirer ou la haine ou l'amour,
Établir du Dieu fort l'empire et la parole,
Et confondre l'erreur qui court après l'idole.
    C'est là que sous des traits simples et naturels,
Chaque objet se présente, et qu'aux cœurs criminels
Un fidèle miroir offre partout l'image
Des châtiments affreux dont Dieu fit leur partage.
C'est là que par des tours au prophète inspirés,
Tu verras d'un seul mot les méchants atterrés,
Et le juste exalté trouver dans un seul terme
La paix et le bonheur que la vertu renferme.
Point de phrase inutile, aucun terme affecté.
Là tout est grand et simple, et de la vérité
On y sent l'éloquence et la voix naturelle,
Et le langage enfin que doit prendre le zèle.
    Quel que soit le sujet que tu veuilles traiter,
Le divin livre seul te peut plus profiter,
Plus t'aider à trouver le sublime du style,
Qu'Homère ou que Platon, Cicéron ou Virgile.
C'est dans ce livre saint qu'eux-mêmes ont puisé
Les pensées admirables et le tour noble, aisé,
Que tout bon écrivain doit prendre pour modèle.
Rends-toi donc à le lire attentif et fidèle.
    Pourtant, si tu m'en crois, garde-toi d'imiter
La pieuse fureur qui, pour trop affecter
De ne parler jamais que comme l'Écriture,
En compose un jargon qui nous la défigure,
Et dans des emprunts faits à ces livres sacrés,
Nous cite à tout propos des textes altérés.
C'est ainsi que souvent on rend la phrase obscure.
Sache mieux employer les mots de l'Écriture,
Et ne t'en sers qu'autant que du peuple connus,
Ils rendront tes sermons plus clairs, mieux soutenus.
Ce ne sont point les mots que l'orateur habile
Tire des livres saints, c'est la force du style,
C'est le tour naturel, simple, vif, élevé,
Par où d'abord saisi le cœur est enlevé.

Mais au lieu d'y chercher ce style pathétique.
Le froid prédicateur, les lisant, ne s'applique
Qu'à parer ses sermons du terme d'Israël,
Ou qu'à donner à Dieu le nom de l'Éternel ;
Croyant voir des pécheurs l'âme à sa voix soumise,
Quand il les a traités de race circoncise,
Et que dans l'Écriture il doit sembler versé,
Pour en savoir citer un terme déplacé.
De ces termes heureux si tu veux faire usage,
Que ce soit à propos ; et du divin langage
Prends garde d'abuser par l'inutile amas
De grands mots que souvent le peuple n'entend pas.
    Du genre de ton style ayant fait une étude,
Sache en étudier encor l'exactitude.
Il en est une, abbé, pour le prédicateur ;
Mais du simple écrivain distingue l'orateur.
Quand Cicéron dans Rome armé contre le vice,
D'Antoine ou de Verrès accusait l'injustice,
Il parlait autrement que quand, plus familier,
Il raillait d'un plaideur l'équipage guerrier[9].
Apprends donc en prêchant à parler de manière
Que ni mot trivial, ni phrase familière
N'abaisse notre esprit à d'indignes objets :
Exprime noblement jusqu'aux moindres sujets.
    Heureux l'homme éloquent qui connaît le sublime !
Il peut tout faire entendre ; il n'est vice ni crime,
Il n'est aucun désordre, aucun égarement,
Qu'il n'exprime et ne sache exprimer noblement.
Mais qui n'a point ce don, cette heureuse éloquence,
Jamais avec noblesse il ne dit ce qu'il pense ;
Des maux qu'il doit combattre il passe la moitié,
Et dans ceux qu'il attaque il fait honte ou pitié.
C'est là ce don du ciel que l'on ne peut apprendre,
Qu'à peine à qui l'ignore on peut faire comprendre ;
Mais qui touche, qui plaît, et sans savoir comment,
Fait même aux plus grossiers sentir son agrément.
    Prends garde que des mots la scrupuleuse étude
N'énerve ton discours par trop d'exactitude.
L'excès est un défaut ; mais tu peux en prêchant
Être un peu moins exact pour être plus touchant,

Et risquer une phrase où l'oreille est blessée,
Plutôt que d'affaiblir ta preuve ou ta pensée.
Dans des raisonnements énoncés avec force,
On peut avec le goût faire un instant divorce,
Sans songer à l'oreille aux termes attachée,
Qui se révolte alors et se trouve écorchée.
J'aime mieux dans la chaire un heureux mouvement
Que d'un discours poli le sec arrangement.

    Loin, ces prédicateurs dont la froide élégance
A l'oreille ennuyée offre tout en cadence :
Cette égale harmonie et me berce et m'endort.
Mais pourtant ne va point, toujours dans le transport,
Méprisant sottement toute délicatesse,
Nous donner des sermons sans ordre et sans justesse.
Du discours en prêchant sache observer les loix :
Il ne t'est pas permis de t'en faire à ton choix.
Suis les règles de l'art, mais cache l'artifice.
Ne commence jamais d'un air qui m'éblouisse,
Et d'un ton orgueilleux ne viens point, promettant,
Un superbe discours, un sermon important,
Sermon qui doit remplir et passer notre attente,
Renouveler la fable où la montagne enfante.

    Par ces mots pleins d'orgueil l'imprudent orateur
En garde contre lui met d'abord l'auditeur ;
Et rarement aussi le prêcheur qui nous vante
La pièce qu'il promet, nous la donne excellente.
Tel échauffé d'abord foudroie en commençant,
Qui bientôt refroidi me glace en finissant.
Un habile orateur, toujours modeste et sage,
Au début du sermon s'observe, se ménage,
De ces airs fastueux sait humble s'abstenir,
Et promet toujours moins qu'on ne lui voit tenir.

    Plus discret qu'autrefois, notre siècle condamne
Ce mélange brillant du saint et du profane,
Si chéri, si commun au temps de Duperron [10],
Quand par un cambisès commençait le sermon [11].
Ces traits que nous fournit et la Fable et l'Histoire
Des grands prédicateurs faisaient alors la gloire ;
Peut-être en avons-nous encor d'accoutumés
A ce bizarre usage, et savants estimés,

Le sont à peu de frais; car dans deux cents ouvrages
On trouve à point nommé ces traits et ces passages.
Or, quel est l'ignorant qui ne puisse au besoin
Les fournir à milliers sans les chercher bien loin ?
Quand il est pris si haut, un exorde bizarre
Jette hors du sujet l'orateur qui s'égare,
Et souvent trop pompeux il dérobe l'éclat
Au reste du sermon qu'il fait paraître plat.
Il faut donc que toujours le sujet le fournisse,
Et qu'au corps du discours il prépare et s'unisse.
    Quelquefois le sujet dès l'exorde traité
Ne laisse pour sermon qu'un discours répété.
On tombe en ce défaut par cette erreur grossière :
On croit que dans l'exorde abrégeant sa matière,
On donne à son sermon, dans ce précis pompeux,
Un début plus brillant, plus neuf et plus heureux.
Cet usage, surtout dans les discours funèbres,
Semble presque adopté par des auteurs célèbres.
Qui par un tel début font tomber tous les jours,
Ou languir ennuyeux le reste du discours.
Le début, à vrai dire, est brillant, il m'applique ;
Mais je m'ennuie bientôt quand je vois qu'on n'explique
Que le même sujet que j'ai d'abord conçu ;
Qu'on ne me montre rien que je n'eusse aperçu,
Et que de point en point on ne fait que reprendre
Ce qu'en deux mots d'abord on m'avait fait entendre.
    Fais ton exorde simple, et laisse à deviner
Quelle preuve au sujet, quel tour tu dois donner.
C'est peu d'exécuter ce que tu fais attendre ;
Tu dois faire encore plus, et savoir nous surprendre.
    Du ciel après l'exorde invoque le secours,
Mais n'imite jamais, par de burlesques tours,
De ces prédicateurs l'éloquence fleurie
Qu'une chute de mots jette aux pieds de Marie,
Et qui sans la faveur d'une transition
N'oseraient implorer son intercession [12].
    Choisis pour tes sermons une heureuse matière,
Ne la propose pas sans la fournir entière :
Souvent au dernier point on n'a pu parvenir,
Que l'horloge sonnant avertit de finir ;

On a beau s'échauffer, c'est en vain qu'on exhorte
Un auditeur lassé qui regarde la porte.

 Aux points les plus touchants attache-toi toujours,
Et sache en points égaux partager ton discours.
L'antithèse longtemps en a fait le partage;
Le bon sens a toujours condamné cet usage,
Et n'a pu sans gémir voir des mots badiner
En tête d'un discours qui doit nous consterner.

 O ! quand viendra celui qui saura, plus habile,
D'un tyrannique usage affranchir l'Évangile,
Et rendre à nos sermons l'heureuse liberté
Que donne à ses discours la sage antiquité !
De la division elle ignora la gêne,
Et jamais orateur dans Rome ou dans Athène,
Partageant avec art les sujets proposés,
N'en distingua d'abord les membres opposés.
Chaque point à son rang arrivait de lui-même,
Du premier sans le dire on passait au deuxième,
Et l'on n'attendait pas que du premier lassé
Pour passer au second l'auditeur eût toussé.
Le sujet simple et clair n'enfermant qu'une chose,
S'avançait vers la fin sans détour et sans pause;
Et sur cette unité l'orateur scrupuleux
Jamais pour un discours n'en fit entendre deux.

 Ainsi d'un seul objet plus longtemps occupée
L'âme était du discours plus vivement frappée,
Et sur le même point l'auditeur attaché
En sentait mieux la force, et sortait plus touché.
C'est ainsi qu'au Forum de partout accourue,
On voyait autrefois une assemblée émue,
Se livrant aux conseils que l'orateur donnait,
Courir impatiente où sa voix l'entraînait,
Instruite des complots d'un citoyen rebelle,
Se hâter d'en punir l'audace criminelle,
Et ne laisser jamais, à force de lenteur,
Sans succès et sans fruit haranguer l'orateur.

 Tel est l'effet soudain qu'aurait produit peut-être
La voix qui nous exhorte à ne servir qu'un maître,
A secouer le joug du monde et du péché,
Si sur un sujet simple elle eût toujours prêché.

Mais en subdivisant le sujet qu'on propose,
Et dans chaque intervalle où la voix se repose,
On voit se refroidir les plus saints mouvements,
Et se perdre sans fruit de précieux moments.
    C'est la mode, il faut bien que la voix se soulage,
Et le beau du sermon souvent c'est le partage.
Pour établir son plan, ses propositions,
Chaque prédicateur court les divisions ;
Et souvent tout l'effort, tout le fruit de son zèle,
Est d'en trouver quelqu'une éclatante et nouvelle.
    Suis donc la mode, abbé ; mais méprise pourtant
Le ridicule soin d'un partage éclatant ;
Divise tes sermons, puisque c'est la manière,
Mais crains, la partageant, de changer ta matière,
Évite ce défaut ; tous les points jusqu'au bout
Doivent être liés, et composer un tout.
    Non qu'à cette méthode aucun devoir te lie ;
Fais, si c'est ton talent, une simple homélie,
Et de chaque évangile embrassant les sujets,
Applique ta morale à différents objets.
C'est ainsi qu'autrefois ont prêché les Saints Pères ;
Ainsi dans leurs sermons savants, mais populaires,
A différents sujets ils savaient appliquer
Les grandes vérités qu'ils venaient d'expliquer,
Et dans chaque homélie une morale utile
Accompagnait toujours le sens de l'Évangile.
    Heureux si de nos jours tant d'orateurs fameux
Reprenaient cet usage, et saints, prêchaient comme eux!
De toutes parts en foule on irait les entendre,
Et moi, laissant cet art que je te veux apprendre,
Au lieu de me mêler ici d'en discourir,
Après eux le premier tu me verrais courir.
    Mais d'autres que des saints en chaire osent paraître ;
C'est pour eux que j'écris, et leurs défauts peut-être
Me feront pardonner le peu qu'en les blâmant
La satire à mes vers a prêté d'agrément.
    Tu t'en es aperçu, j'ose ici pour t'instruire
Emprunter quelquefois les traits de la satire,
En séparer le sel d'un venin odieux,
Et donner à mes vers un ton moins sérieux.

Ainsi faisaient jadis, dans leurs saintes colères,
Ceux qui sont réputés les Saints les plus austères.
Combien de fois Jérôme, en attaquant Rufin,
S'est-il servi d'un tour et satirique et fin !
Et Bernard manqua-t-il aux lois de la prudence,
Quand blâmant des prélats le luxe et la dépense,
Il fit de ses écrits qui distillent le miel
Couler une satire exempte de tout fiel ?
Il est, il est, crois-moi, d'innocentes critiques ;
Si tu trouves ici quelques traits satiriques,
De ceux que tu dois craindre ils ne sont que l'éclair :
C'est pour t'en garantir que je les jette en l'air.
    Crois bien qu'à t'observer tout le monde s'applique,
Les saints et les pécheurs, mais surtout l'hérétique.
Ne te déguise point ce qu'il dira de toi,
Si, profane, tu viens remplir ce saint emploi.
Otons à ses erreurs ce prétexte frivole,
Et chargé d'annoncer la divine parole,
Tâche au moins, cher abbé, de le faire avec fruit,
Docile jusqu'au bout à ma voix qui t'instruit.
Écoute donc encore, et retiens mes maximes.
    Évite en divisant les phrases synonymes,
Qui jouant sur les points dont on a fait le choix,
En termes différents les répètent six fois.
Cette fade abondance est d'un esprit stérile.
Veux-tu qu'à retenir chaque point soit facile ?
De ce fatras de mots va te débarrasser.
Mais, pour t'exprimer juste, apprends à bien penser.
Quand une expression est impropre ou confuse,
La faute est dans l'esprit, c'est lui seul que j'accuse,
Et la langue toujours exprime clairement
Ce que d'abord l'esprit a conçu nettement.
Souviens-toi donc toujours d'éloigner de ton style
Des mots trop recherchés l'abondance inutile.
Ce n'est point ton discours que je dois admirer ;
Ne m'oblige pas même à le considérer ;
Les mots sont inventés pour conduire aux pensées.
Mais quand avec trop d'art les phrases sont placées,
Le discours en chemin nous présentent des fleurs,
Amuse notre esprit qu'il doit porter ailleurs.

Garde-toi toutefois de traiter de frivole
L'art que la rhétorique enseigne en son école.
Mais sois à t'en servir toujours si modéré,
Qu'on croie en t'écoutant que tu l'as ignoré.
Qu'on ne remarque en toi ni figure affectée,
Ni terme rebattu, ni phrase répétée.
 Tu dois en composant varier tes discours ;
Il en est qui bornés toujours aux mêmes tours,
Font sur le même plan rouler chaque matière.
Biroat crut par là signaler sa manière [13] ;
Son sermon est toujours en trois points proposé,
Et toujours en trois points chaque point divisé.
Cette uniformité semble un jeu puérile :
Un peintre est méprisé quand son pinceau stérile,
Se répétant lui-même en ses divers tableaux,
Ne donne à ses dessins aucuns contours nouveaux.
Les yeux les moins savants savent les reconnaître ;
Mais aux coups de pinceau l'on distingue un grand maître :
Il est partout le même, et partout différent,
Il plaît à l'homme habile, il plaît à l'ignorant.
 Au brillant à-propos joignant le pathétique,
Tâche qu'à t'écouter tout le monde s'applique.
Fuis l'usage établi par nos froids orateurs
De dire à tout propos : « Suivez, chers auditeurs,
Écoutez, comprenez ce que je m'en vais dire. »
On devrait rire alors, si l'on osait en rire,
De voir un orateur réduit à mendier
Ce qu'il doit obtenir sans nous en supplier.
C'est du prédicateur l'action noble et vive
Qui doit rendre au sermon notre oreille attentive ;
C'est le sermon tout seul qui doit, sans la quêter,
Régler l'attention dont il faut l'écouter.
Délicat sur ce point, je souffre même à peine
Que le prédicateur, en reprenant haleine,
Dise aussitôt après la proposition :
« Messieurs, honorez-moi de votre attention. »
Fais donc que l'auditeur, aux saints jours du Carême,
Sans en être prié t'écoute de lui-même,
Ou plutôt du sermon lui dérobant l'ennui,
Qu'il en craigne la fin, et suive malgré lui.

Tu dois être savant, surtout dans la science
Dont on prend sur les bancs l'exacte intelligence.
Incertain sans cela, bégayant, te troublant,
Tu ne peux sur un point décider qu'en tremblant,
Ou bien en décidant avec plus d'assurance,
Tu viens d'un ton savant marquer ton ignorance.
    Mais prends garde, en prêchant, de faire vanité
De ce langage obscur dans l'école usité.
Ce langage savant ne réussit qu'aux grilles,
Et tu sais ce qu'on dit, qu'en un couvent de filles
Lingendes fit un jour un excellent sermon [14] ;
Mais il était trop clair, il ne parut pas bon.
On s'en plaignit ; comment tant de filles se taire ?
— « Hé bien, leur dit Lingendes, il faut vous satisfaire,
Je prêche encore demain. » Il le fait, et d'abord
Jusqu'à la Trinité mon homme prend l'essor ;
De ce profond mystère il parle avec emphase,
Répète trente fois subsistance, hypostase,
Et de termes savants fit un galimatias
Qui charma des esprits qui ne l'entendaient pas.
    On n'éblouit par là qu'une foule imbécile ;
Mais à tout le public veux-tu te rendre utile,
Toucher également le peuple et les savants,
Et même réussir en de certains couvents ?
(Car il en est partout dont les grilles sacrées
Cachent, comme à Belfonts, des vierges éclairées) ;
Que tout soit dans ta bouche exprimé nettement,
Pour que chacun, abbé, te comprenne aisément.
    Ne fais point, affectant un savoir pédantesque,
Du latin et du grec l'étalage burlesque.
Je voudrais, quand j'en trouve un discours chamarré,
Que qui s'en sert si mal l'eût toujours ignoré.
Il t'est pourtant permis de suivre encor l'usage
De citer quelquefois le latin d'un passage ;
Mais si tu crois devoir le traduire en français,
N'imite pas, abbé, ces novateurs niais
Qui d'un jargon nouveau s'étant fait la méthode,
Prêtent à Jésus-Christ des phrases à la mode,
Et dans le texte saint expliqué joliment
Font passer leur bizarre et vain raffinement.

Que tes citations soient courtes et serrées,
Et n'en change jamais les phrases consacrées.
Quand un passage est grec, si tu veux l'emprunter,
Garde-toi bien en grec de venir le citer ;
Tu te ferais passer pour pédant de collége.
Enfin le latin seul obtient ce privilége,
Et le grec de la chaire aujourd'hui rejeté,
N'est tout au plus admis que dans la Faculté.
   Avec non moins de soin la chaire évangélique
A banni des dévots le langage mystique,
Et le laisse en partage à ces spéculatifs
Qu'elle suppose saints et vrais contemplatifs,
Quoique dans cette route équivoque et bizarre,
L'amour-propre souvent les trompe et les égare.
Mais qu'ils soient innocents ou qu'ils soient égarés,
Du reste des humains leurs termes ignorés
Sont bannis de l'Eglise, où le devoir austère
N'admet dans les sermons qu'un langage sincère.
Fuis donc ces mots savants, ces mystiques propos,
Qui n'offrent à l'esprit qu'un son vague et des mots.
   Je ne veux point de mots, je demande des choses.
Apprends, puisqu'à prêcher, abbé, tu te disposes,
Que le prédicateur doit toujours à l'esprit
En faire plus penser que sa bouche n'en dit ;
Mais qu'en vain à l'esprit il croit se faire entendre,
S'il se sert de grands mots que l'on ne peut comprendre.
   Sage fut cet auteur, ami de la clarté,
Qui, voulant de ses vers bannir l'obscurité,
Interrogeait d'abord une oreille ignorante,
Et pour en bien juger consultait sa servante.
C'est par là qu'en son genre il sut se signaler ;
Et quiconque en public se dispose à parler
Devrait de cet auteur imiter la prudence,
Et du peuple d'abord consulter l'ignorance.
   On dit que ce docteur est savant et subtil ;
Mais chacun l'écoutant demande : que dit-il ?
On le fuit ; mais pour lui, content de son mérite,
Il traite d'ignorant l'auditeur qui le quitte :
— «Donnez-moi des savants, dit-il, et vous verrez
Que mes sermons par eux seront fort admirés. »

Des mauvais orateurs c'est l'ordinaire excuse,
Et toujours l'auditeur est celui qu'on accuse.
Mais parlons, cher abbé, parlons de bonne foi ;
On ne t'écoute pas, je ne m'en prends qu'à toi.
Oui, renonce au métier, résous-toi de te taire,
Si tu n'as pas le don de parler au vulgaire,
Car le plus beau sermon est le plus mal prêché,
Quand par les savants seuls on le voit recherché.

Redevable envers tous, tu dois, en homme habile,
Aux grands ainsi qu'au peuple annoncer l'Évangile.
Mais ne t'y trompe pas, les savants et les grands
Sont tous à cet égard beaucoup plus ignorants,
Plus couverts sur la foi de ténèbres grossières
Que le peuple appauvri qui manque de lumières.
Tu veux en les prêchant signaler ton esprit:
Que ton sermon soit beau, touchant et bien écrit,
Plein de termes brillants, de subtiles pensées,
D'images avec art élégamment tracées...
Que veux-tu faire? hélas ! En ce genre , crois-moi,
Les grands et les savants en savent plus que toi.
Choisis mieux : tiens, veux-tu qu'ils t'estiment habile ?
Prêche avec moins d'esprit, mais prêche l'Évangile ;
Rassemble en tes sermons, pour les voir écoutés,
De la religion les grandes vérités ;
Entretiens-les enfin du Dieu qu'ils déshonorent :
C'est là ce que pécheurs, grands et savants, ignorent ;
C'est ainsi que tu peux, sans vain raffinement,
Au peuple comme aux grands prêcher également.
Déduis bien les raisons, choisis bien les passages,
Et toujours à l'esprit peins de nobles images.
Aussi bien que les grands le peuple écoutera ,
Son cœur aime le beau, son cœur le sentira.
Pour goûter une pièce il n'appelle personne,
Et sans savoir pourquoi ni comment elle est bonne,
Elle est bonne, il suffit, il l'écoute, et jamais
Un sermon excellent ne lui parut mauvais.

Mais toi, de qui l'esprit nourri dans les sciences
Des différents degrés connaît les différences,
Ne les confonds jamais : distingue en un sermon
Le bon du médiocre, et le meilleur du bon.

Toujours vers le meilleur que ton esprit s'élève :
Il n'est point d'orateur que le travail n'achève.
N'apporte point en chaire un informe talent ;
C'est peu que d'être bon, il faut être excellent.
 Nourris, pour t'élever, ta force et ton génie,
Ne sois jamais saisi de l'aveugle manie
De croire que tu peux, dès le premier sermon,
Égaler Bourdaloue et passer Mascaron [16 et 17].
Sache mieux te connaître et sois moins téméraire.
Travaille avec ardeur, forme ton caractère :
Médiocre, il vaut mieux, s'il n'est point imité,
Qu'un plus grand sur le tien faussement ajusté :
Qui ne sait qu'imiter ne sait point l'art de plaire.
 Souvent, plus lâche encor, l'orateur plagiaire
Ose dire un sermon que du prompt écrivain
A pris en l'écoutant la diligente main.
Cet usage est commun ; mille orateurs en France
Au copiste fidèle ont dû leur éloquence ;
Et la province encore entend prêcher absents
Ceux qu'on voit à Paris en vogue et florissants.
Des grands prédicateurs funeste destinée !
Tandis que Bourdaloue, à la Cour étonnée,
Tonne dans ses sermons et touche à chaque mot,
Ailleurs il fait pitié dans la bouche d'un sot.
Rougis de t'enrichir de dépouilles pareilles,
Et fais que tes sermons soient le fruit de tes veilles.
 Tu peux par des récits et des comparaisons
Appuyer quelquefois de solides raisons.
Ne crois pas qu'un discours en ait moins de noblesse,
Ni qu'il tombe toujours par là dans la bassesse.
Laisse aux prêcheurs vulgaires un si faux sentiment.
Quelquefois le sublime en fait son ornement.
Des loups et des brebis la fable bien contée
Fit rompre avec Philippe une trêve arrêtée,
Et l'orateur fameux qui la sut employer [17]
Ne crut point avilir l'honneur de son métier.
Tout sert, tout réussit, quand avec l'éloquence
On a joint le bon sens, le zèle et la prudence.
Tout est bon, tout est grand, quand on sait nous toucher ;
Mais qui ne touche point, ne doit jamais prêcher.

Il nous doit d'autant moins annoncer l'Évangile,
Qu'en préceptes divins ce livre est plus fertile,
Et que l'homme ici-bas n'a rien de plus touchant
Que la crainte ou l'espoir qu'on lui donne en prêchant.
   Eh quoi ! l'on aura pu par de vaines alarmes,
Sur des mots inventés nous arracher des larmes,
D'Œdipe malheureux faire plaindre l'erreur,
Et de Phèdre coupable abhorrer la fureur !
On aura su toucher par ces nobles chimères !
Et quand tant de péchés, tant d'erreurs volontaires,
Nous font à notre perte aveuglément courir ;
Quand la mort nous attend, quand l'enfer va s'ouvrir,
Quand, prête à se venger, l'éternelle justice
D'une éternelle flamme allume le supplice ;
Chargé de nous tirer de notre aveuglement,
Un orateur viendra nous parler froidement,
Et de discours fleuris, de brillantes pensées,
Repaître de l'enfer nos âmes menacées !....
Qu'il se taise, ou qu'il touche et ne néglige rien
Pour émouvoir le cœur et le rendre chrétien.
Mais à ce grand effet c'est en vain qu'on aspire,
Si la conclusion ne sait pas le produire.
   Pour apprendre à toucher, apprends à bien finir :
Là redouble ta force, et prompt à réunir
Les points les plus touchants qu'a fournis ta matière,
Fais du pécheur rebelle une conquête entière.
Appelle à ton secours tes plus forts arguments ;
Mais sans te refroidir en longs raisonnements,
Reprends-les en deux mots, évite les redites,
Et toujours renfermé dans les bornes prescrites,
Ne va point tâtonnant, cherchant à l'attraper,
Saisir trois fois la fin qui semble t'échapper,
Affronter gauchement l'embarras ridicule
De ces prédicateurs dont le sermon recule,
Et qui toujours du peuple, habile à la prévoir,
Trompent la conjecture et trahissent l'espoir.
Évite également, si tu la veux touchante,
Une conclusion ou trop brusque ou trop lente,
Et tâche, pour finir, de saisir le moment
Où ton sermon produit le plus grand mouvement.

Pour fruit de ton travail, ne cherche point la gloire
D'entendre, en finissant, retentir l'auditoire
Du bruit et du fracas tout à coup répandu
D'un applaudissement jusque-là suspendu.
Crains, au contraire, crains, quand ta voix applaudie
N'excite que le bruit dont, à la comédie,
Aux loges, au parterre, on applaudit l'acteur,
Qu'ainsi qu'à ce spectacle, ici, ton auditeur
Ne cherche en t'écoutant que le plaisir que donne
Le rôle bien joué d'Oreste ou d'Hermione.
Loin de t'en savoir gré, gémis de ce vain bruit,
Gémis que du sermon ce soit là tout le fruit,
Que là des auditeurs se renferme l'attente,
Et qu'un prédicateur s'y borne et s'en contente.
Cherche un autre succès, et crois n'avoir prêché
Que quand ton auditeur instruit, ému, touché,
S'en va, les yeux baissés, sortant seul, en silence,
Chercher un confesseur, et par sa pénitence
S'assurant l'avenir, expiant le passé,
Prévenir de la mort le repentir forcé.
Sois honteux de la foule à te suivre attachée,
Quand au sortir du temple où ta voix l'a prêchée,
Elle va chaque jour au théâtre porter
L'oreille qui te vient chaque jour écouter.
Sois honteux qu'après toi cent carrosses accourent,
Quand deux heures après tu trouves qu'ils entourent
Ces lieux que justement ton zèle a censurés,
Où les dieux qu'il combat triomphent adorés.
Ne t'applaudis du bruit que fait ton éloquence,
Du monde qui t'entend n'approuve l'affluence,
Qu'autant que tu verras ce monde qui te suit
Pratiquer les leçons dont tu l'auras instruit.
Mais peux-tu l'espérer ? Fais du moins qu'à t'entendre
On juge que c'est là ce que tu dois prétendre.
Car quoi qu'on dise, abbé, toujours on prêchera,
Et ce grand changement jamais n'arrivera.
On a beau s'échauffer, beau redoubler de zèle,
On ne trouve au sermon qu'un auditeur rebelle ;
Et sans en alléguer mille exemples divers,
Moi-même ici sans fruit je te prêche en ces vers.

# CHANT TROISIÈME.

J'estime un écrivain qui jamais ne s'entête,
Et dont à corriger la plume est toujours prête.
C'est par là seulement, quelque talent qu'il ait,
Qu'il peut se rendre habile et devenir parfait.
    Veux-tu par tes sermons nous toucher et nous plaire
Cherche, avant toute chose, un ami droit, sincère,
Pour toi juge équitable, et censeur rigoureux.
    Ton sermon te paraît d'un goût, d'un tour heureux,
Plein de feu, d'onction, de force et d'harmonie ;
Il te plaît, et tu l'as enfanté de génie :
Vingt fois tu le relis, et toujours tout nouveau,
L'ayant relu vingt fois, il te paraît plus beau.
Crains cet aveugle amour qu'on a pour son ouvrage,
Consulte ton ami, regarde son visage,
Observe de quel air il répond consulté,
Et vois de ton sermon s'il goûte la beauté.
S'il n'en dit rien de bon, sans plus tarder immole
Cet enfant bien-aimé dont tu fais ton idole.
    D'un ami droit et vrai mérite les avis,
Par la docilité dont ils seront suivis.
Mais quand de tes défauts tu veux qu'on t'avertisse,
D'un critique ignorant ne suis point le caprice.
Aux avis d'un censeur tu ne dois déférer
Qu'autant qu'il aura su t'instruire et t'éclairer.
Ne suis que la raison sur laquelle il se fonde ;
Car ne croire personne, et croire tout le monde,
Est un écueil égal : souvent on s'est gâté
Autant pour avoir trop que trop peu consulté.
    Cléon, pour le montrer à quiconque l'approche,
A toujours un sermon qu'il tire de sa poche,
Et selon chaque avis qu'il vient interroger,
Gâte à la fin l'ouvrage à force de changer.

Sache à quoi t'en tenir, évite tout critique
Qui prenant sur ta prose un pouvoir despotique,
A son autorité t'obligeant de céder,
Contraindrait ton génie en le voulant aider.
Mais aussi ne va point demander qu'on t'éclaire
Pour vouloir qu'on t'aveugle, et d'un ton peu sincère
Disant : «N'épargnez rien, critiquez jusqu'au bout,»
Attendre qu'on te flatte et qu'on t'approuve en tout.
C'est ainsi quelquefois que l'amour-propre en use :
Dans l'homme l'air modeste est souvent une ruse,
Par où son orgueil croit pouvoir plus sûrement
S'attirer la louange et l'applaudissement.
Crains cet orgueil secret dont l'âme est prévenue ;
Embrasse avec plaisir la vérité connue :
Sans faiblesse et sans honte on cède à la raison.
Ne cherche point d'éloge, et crains-en le poison.
La louange te plaît, tu veux qu'on t'applaudisse ;
Chacun t'applaudira par grâce ou par malice.
Aussi bien que l'ami, l'ennemi complaisant
Nourrira tes défauts en les canonisant.
Un jour Martin prêcha (retiens bien cette histoire),
Je courus, invité, grossir son auditoire.
Il commence, j'écoute ; et d'un ton d'écolier,
A peine eut-il, tremblant, dit son exorde entier,
Qu'il hésite, répète, et perdant son étoile,
Il vogue à l'aventure et sans rame et sans voile.
Vingt fois je fus troublé voyant qu'il se troublait,
Et je tremblai vingt fois en voyant qu'il tremblait.
Enfin de flots en flots sa mémoire infidèle
Demi-noyé le jette à la vie éternelle ;
Il s'y perd, et finit. Je voulais m'en aller...
— Quoi! vous en allez-vous sans le congratuler...?
— Moi le congratuler! non, non.— Mais j'eus beau dire,
On me prend, et par force à sa chambre on me tire.
Là chacun à l'envi lui faisait compliment,
Pendant qu'il essuyait, étendu mollement
Dans un lit bassiné, sa sueur glorieuse :
— Mon Dieu! s'écriait l'un, la pièce merveilleuse '
— Voilà ce qu'en français on nomme un bon sermon,
Disait l'autre ; mais bon, ce qui s'appelle bon.

Puis l'embrassant : — Mon cher, vous fûtes admirable!
Mascaron moins que vous en chaire est agréable,
Moins juste Desalleurs, moins éloquent Fléchier [19],
Et Bourdaloue est moins habile en ce métier.
    Lui cependant, modeste au milieu de sa gloire,
Semblait, en soupirant, accuser sa mémoire,
Et se plaindre qu'elle eût deux ou trois fois bronché.
—·Bronché! vous vous moquez. Non, vous avez prêché
Comme on ne prêche point; d'un air! Oui, je vous jure
Qu'on a trouvé surtout votre mémoire sûre.
Quoi! Vous craignez, mon cher, de n'avoir pas tout dit?
Votre peu de mémoire a prouvé plus d'esprit.
    Martin à ce discours sans façon se console,
Rit, s'applaudit, se lève, et croit sur leur parole
Qu'il s'est aperçu seul du fatal accident;
Et corrigeant l'aveu qu'il a fait, imprudent!
Vante plus haut que tous la pièce qu'il a dite;
Et de l'air dont il parle, et se croit du mérite,
On dirait qu'il est sûr que pour l'Avent prochain
Le roi le doit exprès mander à Saint-Germain,
Et que de marguilliers une ambassade prête
L'attend pour lui jeter un Carême à la tête.
    Moi caché dans un coin, et murmurant tout bas,
Je rougissais de voir qu'il ne rougissait pas,
Et j'étais là le seul qu'à son air on dût prendre
Pour le prédicateur que l'on venait d'entendre.
Enfin je me retire, et vais ailleurs pester
Des sots que d'autres sots plus sots qu'eux vont flatter.
Nombreuse d'autant plus en est partout l'engeance,
Que l'homme est plus rempli de sotte suffisance;
Et qu'enfin, pour traiter la chose en général,
Aucun de son métier ne croit s'acquitter mal.
    Il n'est point d'homme aussi qu'un autre homme ne flatte.
Quiconque prêche mal voit que sa honte éclate;
Contre lui l'auditeur est partout un témoin,
Mais il trouve toujours un flatteur au besoin.
Qu'un seul le loue, un seul l'autorise à se dire
Tout aussi bon que ceux qu'on applaudit, admire;
Il regarde en pitié leur applaudissement,
Et croit que c'est cabale ou fol entêtement.

Ainsi parle Crispin. Demandons ce qu'il pense
De ce prédicateur dont la noble éloquence
Et le rare talent font partout tant de bruit :
Crispin hausse l'épaule. — « Il est vrai qu'on le suit,
Dit-il, mais du public c'est fougue, c'est caprice. »
  Sais-tu pourquoi Crispin ne lui rend pas justice ?
C'est qu'il prêche, et partant s'estime autant que lui ;
Que tout homme est jaloux de la gloire d'autrui,
Et que la vanité, qui nous est naturelle,
Se nourrit à la voix d'un flatteur infidèle.
Or, on voit à Crispin toujours quelque flatteur :
En pourrait-il manquer, puisqu'il est directeur ?
  Juge mieux du public, et, quand il t'abandonne,
Ne t'en prends qu'à toi seul, ne querelle personne ;
Et sans te plaindre encor de ton adversité,
Crois qu'un sermon est bon quand il est écouté.
  Prêcher n'est point savoir bien parler, bien écrire,
Mais se faire écouter en tout ce qu'on vient dire,
Par là se faire suivre ; et qui n'a pas ce don,
Peut bien faire un discours, mais non pas un sermon.
De quel nom, cher abbé, faut-il donc qu'on appelle
Ceux, comme on en voit tant, qui, sans suite et sans zèle,
Ne font que des discours, et prêchent pour parler ?
Dis, si tu peux, comment on doit les appeler ?
— Comment ? Prédicateurs, répond le père Édoire :
Chez nous, c'est là leur nom. — Ont-ils un auditoire ?
— Non, c'est ce qui leur manque. — Eh bien, donc, ils ne sont
Que des parleurs en l'air, c'est là le nom qu'ils ont.
  Ah ! crains que le public ne te nomme de même.
Combien en a-t-on vus prêcher tout un Carême
Sans avoir jamais fait ce qu'on nomme un sermon,
Et de prédicateurs usurper le beau nom !
  Mesure là-dessus ton mérite et ta peine,
Et pour règle, prenant cette preuve certaine,
Ne te crois, quoi qu'on dise, un vrai prédicateur
Que quand ton sermon seul attire l'auditeur.
  Va donc, t'en rapportant à ce seul témoignage,
Va de tes auditeurs consulter le visage,
Va sur eux du sermon étudier le prix,
Et demander aux yeux ce qui plaît aux esprits.

Observe les morceaux où la foule attentive
Abandonne à ta voix son oreille captive;
Où chacun dans sa place, immobile et serré,
Te dévore des yeux et te suit à ton gré.
Cette preuve suffit; tu peux, sans t'y méprendre,
Prendre pour beaux endroits ceux qu'on se plaît d'entendre.
Quand l'oreille à la voix se laisse gouverner,
Le cœur suit le penchant que la voix sait donner.
«Ces endroits sont, dis-tu, les moins beaux de la pièce,
D'autres ont plus de tour, d'esprit et de justesse,
Ceux-là sont négligés.» Il n'importe, ils sont bons;
Sur eux, à l'avenir, règle tous tes sermons.
Au but de ton métier, si ton esprit s'applique,
Tu pourras être seul ton juge et ton critique,
Travailler sûrement, ne te rien pardonner:
Mais écoute un conseil que je te veux donner.
Quand tu fais un sermon, est-ce ainsi, dois-tu dire,
Que du vice en prêchant je détruirai l'empire?
Si Paul ou Chrysostôme étaient mes auditeurs,
Que diraient-ils de moi, ces grands prédicateurs?
Est-ce ainsi de l'enfer qu'ils confondaient la rage?
Que Paul d'étonnement frappa l'Aréopage?
Et que pour assister son prochain indigent,
Chrysostôme à l'avare arracha son argent?
Toujours devant les yeux mets-toi ces grands modèles.
Leurs écrits de leur voix sont les échos fidèles.
Apprends, en les lisant, le pouvoir qu'ils ont eu;
Tâche de l'obtenir, comme ils l'avaient reçu,
Fais donc ce qu'ils ont fait. D'abord à la prière,
De ton sermon informe apporte la matière;
Et demandant à Dieu qu'il te daigne éclairer,
Médite-la longtemps pour la bien pénétrer.
Surtout, mon cher abbé, garde-toi bien de faire
D'un sermon impromptu l'épreuve téméraire.
Cependant, si tu peux, sans être embarrassé,
Achever un sermon qu'un autre a commencé,
Je te permets d'aller soudain prendre sa place,
Pour ne pas sans sermon laisser la populace.
Prêche alors sur-le-champ. Mais en tout autre cas,
Sans un pressant besoin ne te hasarde pas.

On ne demande point ce qu'un sermon te coûte,
Fais-le donc excellent, si tu veux qu'on le goûte,
Et reconnais ici la populaire erreur,
Qui si souvent demande : « Apprenez-vous par cœur ? »
Et qui croit bien flatter l'homme éloquent qui touche,
Lui disant : « C'est assez pour vous d'ouvrir la bouche. »
De ce sot compliment combien est irrité
L'homme habile qui sait quelle peine a coûté
Le fruit de tant de soins, que ce compliment fade
Traite de fruit soudain et d'heureuse boutade !
Que dirait-on de pis, s'il avait mal prêché ?
« Un autre, diras-tu, n'en serait pas fâché ;
Car combien en voit-on qui, touchés de la gloire
De prêcher sur-le-champ, veulent nous faire accroire
Que leurs sermons, bien loin d'être à loisir appris,
Dans la chaire enfantés, ne sont pas même écrits ! »
Je le sais, c'est aussi ce que j'allais te dire,
Et sur quoi sans tarder je veux encor t'instruire.
    Ne te donne jamais la folle vanité
D'avoir ce grand talent, cette facilité.
Qu'en croirait-on, dis-moi ? Quoi ! que le ciel t'inspire,
Et que, te dispensant et d'apprendre et d'écrire,
Au secours seul de Dieu tu t'en serais remis
Pour trouver les sermons aux apôtres promis ?
Ce serait tenter Dieu d'attendre ce miracle ;
Notre foi languissante y met toujours obstacle,
Et Dieu n'accorde plus qu'à nos humbles efforts
Ce qu'à la foi des saints il prodiguait alors.
L'humble effort qu'on doit faire, et que Dieu veut que fassent
Tous les prédicateurs dans l'emploi qu'ils embrassent,
C'est d'écrire à loisir, d'apprendre leurs sermons ;
De ne point présumer qu'entre tous ils sont bons,
Quand négligeant le soin d'en charger sa mémoire,
Téméraire on s'expose aux yeux d'un auditoire,
N'apportant avec soi que l'audace et le bruit
D'un discours impromptu mal tourné, mal construit.
    Ne va point jusque-là pousser ta hardiesse,
Et d'un prétexte saint déguiser ta paresse.
Apprends donc à loisir, travaille tes discours,
Mais n'en attends le fruit que du divin secours,

Et crois-toi d'autant plus serviteur inutile,
Que tu prends plus de peine à devenir habile.
   Choisis dans tes sujets ce qu'ils ont de meilleur ;
Mais pour le bien choisir interroge ton cœur.
Ce qui dans l'oraison et te plaît et te touche
Doit et plaire et toucher, quand il est dans ta bouche.
Du sermon là-dessus dispose le projet.
Traite différemment un différent sujet :
Tantôt c'est un éloge, et tantôt un mystère ;
Tantôt sur la vertu j'ai besoin qu'on m'éclaire ;
Tantôt par invective on combat le péché :
Que tout soit avec soin diversement touché.
   Par le choix du sujet ne viens point nous surprendre,
Traite toujours celui qu'on a le droit d'attendre,
Et ne t'avise point de prendre un faux détour,
Pour quitter sans besoin l'évangile du jour.
Quand l'Église célèbre une fête, un mystère,
Il ne t'est pas permis de prêcher, et le taire.
Je veux que l'on m'en parle, et ne peux t'écouter,
Si sur d'autres sujets tu prétends m'arrêter.
Quoi ! du Sauveur des hommes on fête la naissance,
Et toi tu viens du luxe attaquer la licence !
Quand pour nous dans la crèche un Dieu s'anéantit,
Quand d'un bienfait si grand l'Église retentit,
Toi seul tu n'en dis rien ! la foule révoltée
Ne prête à ton discours qu'une oreille irritée.
Explique le mystère, et fais-en voir l'esprit ;
Pour fournir un sermon tout mystère suffit ;
Ne le quitte donc point. Souvent on le propose,
Et bientôt on le laisse, et l'on prêche autre chose.
   Un jour de Pentecôte un bon curé prêchant,
Fit voir dans son exorde, en style assez touchant,
« Que Dieu n'avait jamais fait présent à la terre
» D'un plus grand don, que quand au bruit de son tonnerre,
» Parmi les tourbillons, il donna son Esprit :
» Que cet Esprit était, selon qu'il est écrit,
» Aux pauvres destiné. » « Partant c'est une aumône,
Dit-il, en finissant l'exorde de son prône,
De l'aumône, messieurs, parlons donc amplement,
Puisqu'elle vient s'offrir si naturellement. »

Tu ris, mais ce détour est pourtant ordinaire.
On voit peu de sermons prêchés sur un mystère,
Où le mystère soit exactement traité :
C'est un autre sujet sur le mystère enté.
O ! des prédicateurs ignorance ou paresse !
Aucun mystère n'a ni plus de sécheresse,
Ni moins de beauté propre à se faire goûter
Que les autres sujets où l'on va s'écarter.
Mais ne t'applique pas à le faire comprendre ;
Ne pense seulement qu'à nous bien faire entendre
(Soit qu'on le puisse, ou non, comprendre et concevoir)
Ce qu'un chrétien doit croire, et ce qu'il doit savoir.
Puise dans ce sujet une morale utile :
En morale toujours un mystère est fertile ;
Et sans que sottement on le tire aux cheveux,
On y trouve à placer des mouvements heureux.
Ainsi sur un mystère on peut, sans qu'on le quitte,
Plaire, instruire, toucher, pourvu qu'on le médite ;
Mais le prédicateur qui sait peu méditer,
Préférant ce qu'il croit plus heureux à traiter,
De la religion laisse là les mystères,
Et toujours des pécheurs s'attache aux caractères
Il s'égaye à les peindre, il tonne, il fait grand bruit,
Pendant que de sa foi le peuple mal instruit,
Après tant de sermons le plus souvent ignore
Ce qu'est et le chrétien et le Dieu qu'il adore.
Pense donc à l'instruire ; on ne peut avec fruit
Peindre et blâmer ses mœurs qu'après l'avoir instruit.
    Veux-tu prêcher partout une morale utile ?
Apprends donc à connaître et la Cour et la ville,
Observe l'homme tel qu'en différents états
La fortune le montre ou le cache ici-bas ;
Cherche de son esprit les goûts et les caprices,
Ainsi que de son cœur les erreurs et les vices.
Tu dois peindre autrement les pauvres, les bourgeois,
Que les riches, les grands, les princes et les rois ;
Attaquer dans les uns l'envie et la paresse,
Dans les autres l'orgueil, le luxe et la mollesse ;
Rendre l'un plus soumis à la main qui l'abat,
Pour la main qui l'élève un autre moins ingrat,

Et leur montrer à tous qu'ils courent à leur perte,
Quand la route du ciel leur est à tous ouverte.
    Mais tu ne dois jamais et du mal et du bien
Parler en philosophe, où je te veux chrétien.
Garde-toi d'inspirer une vertu païenne ;
Enseigne les motifs qui la rendent chrétienne ;
Que Socrate et Zénon prêchent la probité,
Toi, viens avec saint Paul prêcher l'humilité ;
Et tâche, en condamnant la probité stérile,
De changer en chrétien l'honnête homme inutile.
    Ne peins jamais les gens autrement qu'ils ne sont ;
Ne combats point un mal que jamais ils ne font.
C'est aux prédicateurs une erreur ordinaire :
Pour avoir à combattre, on forge une chimère ;
On a beau s'escrimer, les coups portent à faux.
Connais, vois qui t'entend, pour blâmer ses défauts ;
N'imite point celui qui, prêchant au village,
Criait qu'on réformât la table et l'équipage,
Les bronzes et les cristaux, les lambris, les plafonds,
Choses dont l'auditeur ignorait jusqu'aux noms.
Que toujours les portraits soient peints d'après nature,
Mais du cœur seulement donne-nous la peinture ;
Et que dans tes discours on ne trouve aucun trait
Qui désigne celui dont tu fais le portrait.
    Dans la chaire jamais n'introduis la satire ;
Jamais en badinant n'y cherche à faire rire.
Gémis de l'ignorance ou de l'abus grossier
Des siècles où l'on vit la chaire s'égayer
Par tant de traits bouffons, qu'on aurait peine à croire,
Si Barlette imprimé n'en gardait la mémoire [20],
Si nous n'avions encor Menot et le sermon [21]
Qui nous peint en burlesque et Marthe et Madelon.
Ces discours, cher abbé, n'ont rien de salutaire ;
Et quoiqu'on m'ait, enfant, assuré que le Père
Qui disait gravement : «Foin de vous, Monseigneur ![22] »
Touchait en faisant rire, et corrigeait le cœur ;
J'en doute, et crois toujours que ce bizarre apôtre,
Par tout ce qu'on en dit, dont je ris comme un autre,
N'a su que faire alors, comme il fait aujourd'hui,
Rire de ses sermons, et peut-être de lui.

Pour corriger un cœur, il faut qu'en lui s'imprime
Un remords sérieux, un vif regret du crime;
Qu'il pleure ses péchés, s'attriste en y pensant;
Et nous attriste-t-on en nous divertissant?
Fuis donc non-seulement ce burlesque profane,
Mais ces traits que la chaire également condamne,
Où le prédicateur, négligeant le profit,
S'égaye à faire voir et briller son esprit.
Tels sont tant de sermons qu'on suit et qu'on admire,
Mais dont sans nul profit l'auditeur se retire,
Parce qu'on oublie trop que le prédicateur
Ne doit plaire à l'esprit que pour toucher le cœur.
   Souvent par cent portraits placés à l'aventure,
Le sermon n'offre aux yeux qu'une vague peinture;
Là l'esprit incertain ne sait où s'attacher.
O! combien en voit-on qui pensent bien prêcher,
Quand du cœur tour à tour parcourant les faiblesses,
Ils blâment les plaisirs, les honneurs, les richesses!
Dans leur sermon diffus tout est mis au hasard;
Il est froid, négligé, sans principe et sans art;
Mais par induction traitant chaque matière,
Ils n'offrent qu'une vague et confuse lumière.
Quand parmi les objets qu'ils viennent présenter,
Sur un qui me touchait je pense m'arrêter,
Ils m'en offrent un autre; et celui qui l'efface,
Par un autre effacé, ne laisse aucune trace.
L'esprit court aux objets qu'ils lui viennent offrir,
Le cœur sans s'émouvoir le laisse seul courir.
C'est là toujours l'effet que produit l'abondance
De cette impétueuse et rapide éloquence,
Qui sans s'assujettir aux preuves, aux raisons,
S'abandonne au détail du mal que nous faisons.
   Sache mieux du sermon disposer l'ordonnance;
Des principes d'abord établis l'évidence,
Et ne fais de nos mœurs aucune induction,
Qui ne soit d'un principe une conclusion.
Ne les dépeins jamais pour paraître bien peindre,
Mais pour pouvoir peut-être à la fin nous contraindre
D'avouer de nos cœurs l'affreux égarement,
Et nous en corriger par le raisonnement.

Quoique aveugle et trompé, quoique faible et coupable,
L'homme est pourtant toujours animal raisonnable ;
Il lui faut des raisons pour le persuader :
C'est sur quoi ton sermon se doit toujours fonder.
　　Quand tu dépeins le mal, crains qu'au lieu de déplaire,
Ton portrait n'ait souvent un effet tout contraire,
Crains, parlant du péché d'en marquer l'agrément,
Et de nous faire aimer le vice en le blâmant.
C'est d'un prédicateur où j'ai vu l'imprudence ;
Je l'ai vu follement mettre son éloquence
A faire des détails du monde et des plaisirs
Plus propres à donner qu'à bannir les désirs ;
Flatter le goût du mal par l'art de le décrire ;
Blâmant les médisants, nous apprendre à médire ;
Blâmant les courtisans, nous faire aimer la cour,
Et plaire à l'impudique en attaquant l'amour :
Des intrigues du monde interprète profane,
Qui fait voir sans horreur le vice qu'il condamne,
Ou rire à ses dépens un auditeur malin !
En faisant ces tableaux souviens-toi de ta fin.
Souvent de tel désordre un pécheur est coupable,
Dont au prédicateur l'ignorance est louable ;
Ou s'il doit tout savoir, et modeste et discret,
Il ne doit pas toujours dire tout ce qu'il sait.
　　Que l'image du vice adroitement tracée
Puisse déplaire au cœur sans blesser la pensée ;
Prends garde d'alarmer la timide pudeur,
Et jamais du péché ne peins que la laideur.
Il ne me suffit pas qu'on m'expose le vice,
Il faut en le voyant que mon cœur le haïsse :
Dépeins-le donc affreux, ridicule ou fatal,
Mais donne le remède en découvrant le mal.
— « Je suis un malheureux, un cœur faible et revêche,
Peut répondre un pécheur à celui qui le prêche ;
« Vous me voyez à fond, et j'ai dans vos portraits
De mon cœur criminel reconnu tous les traits.
Mais ce n'est pas assez de sentir sa misère,
Il faut se corriger par la vertu contraire.
Faites-la moi connaître, et pour y parvenir,
Montrez-moi le chemin qu'un pécheur doit tenir. »

Voilà ce qu'au sermon tout pêcheur pourrait dire :
Donc, sans l'avoir instruit, jamais ne te retire ;
Au portrait de ses maux ajoute le conseil,
Et toujours sur sa plaie applique l'appareil.
N'irrite point le mal qu'il faut que tu guérisses ;
Ménage son esprit sans ménager ses vices ;
Combats-les sans l'aigrir. Le meilleur médecin
Au malade irrité paraît un assassin.
    Mais surtout, cher abbé, si ton zèle s'applique
A combattre l'erreur de l'aveugle hérétique,
Toujours avec égards apprends à le traiter ;
Il s'agit de l'instruire et non de l'insulter.
La charité sans fiel s'oppose à l'imposture,
Et le zèle chrétien ne vomit point d'injure.
Que jamais dans la chaire on n'entende de toi
Que ce qui peut instruire et ranimer la foi.
    Remplis bien ton sermon, n'y souffre point de vide,
Et que jusqu'à la fin il soit clair et solide,
Crains, d'un brillant concept cherchant l'éclat trompeur,
De donner pour lumière une fausse lueur ;
Cherche le vrai dans tout, et défends à ton zèle
D'altérer en l'outrant sa beauté naturelle
    Que toujours de la foi les articles traités
Exposent aux chrétiens de grandes vérités.
Appelle à ton secours l'Écriture et les Pères ;
Mais ne les cite point s'ils ne sont nécessaires.
Je ne te peux souffrir quand tu viens, en latin,
Sans besoin nous citant le grand saint Augustin,
Sans besoin alléguant l'école et l'Écriture,
Te faire un vain honneur de ta longue lecture.
    Il en est qui d'un goût, d'un esprit de travers,
Compilant pour prêcher cent passages divers,
Appliqués à transcrire, à piller un volume,
De l'or qu'il leur fournit ne prennent que l'écume.
Je les connais bientôt ; dans leurs faibles sermons,
Les Pères sont chargés des endroits les moins bons.
Je les entends crier quand la preuve est forcée,
Quand la pensée est fausse, obscure, embarrassée :
— Ce n'est pas moi, messieurs, mais un Père l'a dit. »
Un Père ? Je me lève, et, sortant de dépit,

Je vais chercher quelqu'un qui de ces plagiaires,
Par un bon interdit, venge l'honneur des Pères.
   D'un parti condamné renonce aux intérêts,
A l'Église soumis observe ses décrets,
Sois instruit de ta foi, si tu veux en instruire ;
Souvent par ignorance on se laisse séduire,
Et pour dogmes certains par l'Église enseignés
Le zèle ose donner des dogmes condamnés :
Le zèle ne rend pas l'ignorance excusable.
   Souvent à l'ignorance un orgueil plus coupable
Ose joindre en prêchant l'hérétique fierté,
Et pour se distinguer corrompt la vérité.
   L'hérétique, toujours aveuglé d'un faux zèle,
Fit admirer des sots son audace rebelle ;
Sitôt que dans la chaire il a dogmatisé,
Le voilà du public d'abord canonisé :
« Digne restaurateur de la saine doctrine,
Lui seul peut rétablir l'antique discipline. »
C'est là ce que l'on dit. Les amis, les parents,
Courent à ses sermons remplir les premiers rangs ;
Chacun de son carrosse embarrasse la porte ;
L'Église est trop petite, on s'y presse, on s'y porte,
Tant qu'hérétique enfin hautement déclaré,
Il est par de Harlay justement censuré[23].
Le roi même l'apprend, et par ordre suprême
L'envoie à la Bastille achever son Carême.
De ces prédicateurs c'est l'ordinaire écueil,
Si la crainte ou l'espoir n'adoucit leur orgueil.
Pour être bien suivi, Jean parut hérétique ;
Pour devenir prieur, il parut catholique,
Tantôt l'un, tantôt l'autre ; inconstant orateur,
Il fit tant qu'il ne fut ni suivi ni prieur.
   Pour articles de foi certains visionnaires
Donnent dans leurs sermons leurs dévotes chimères ;
Et certains esprits forts, en expliquant la loi,
Font passer pour chimère un article de foi.
Ces bizarres excès sont d'un esprit qui s'aime,
Et qui dans ses erreurs s'applaudissant lui même,
Trop simple ou trop hardi pour croire ou pour douter,
Veut à son propre sens, aveugle, s'arrêter.

Suis un guide plus sûr, crois ce que croit l'Église ;
Si son silence laisse une chose indécise,
Ne la décide pas. Sur un point contesté
Tu ne déciderais qu'avec témérité.
Dans toute opinion, que ta foi suspendue
Respecte les auteurs dont elle est défendue ;
Prends alors le milieu que doit prendre un chrétien ,
Entre douter de tout, et ne douter de rien.
   Pourquoi, lui proposant une chose douteuse,
Alarmer sans besoin une âme scrupuleuse?
Assez d'articles sûrs et de points décidés
Donneront au pécheur des scrupules fondés !
Quand on est véritable, on est toujours sévère;
L'Évangile partout prêche une vie austère ;
En vain y cherche-t-on des adoucissements,
On n'y trouve toujours que veilles, que tourments ;
Et qui ne vole au ciel par la pure innocence,
N'y saurait arriver que par la pénitence.
L'oracle est infaillible, et l'on s'efforce en vain
D'y mener les pécheurs par un autre chemin.
Mais toujours véritable en ces dures maximes,
De défauts innocents ne nous fais point des crimes;
Je ne t'écoute pas quand, sévère affecté,
Tu viens en déclamant outrer la vérité.
   Si tu blâmes des grands le luxe et la dépense,
Si tu veux aux habits moins de magnificence,
Ne va pas cependant, censeur trop puritain,
Damner pour un ruban ton innocent prochain.
La chaire n'admet point ce détail ridicule;
Mais aux riches pécheurs donne un autre scrupule;
Représente à leurs yeux la douleur et la faim ,
Du pauvre abandonné qui demande du pain.
Trace d'un hôpital l'image lamentable,
Peins tes frères mourants que la misère accable,
Tandis que regorgeant d'ornements superflus,
La vanité leur prend des biens qui leur sont dus.
Alors bientôt la foi, la raison, la nature
Leur fera condamner l'excès de leur parure;
Alors chacun, honteux de ses vains ornements,
Peut-être à l'hôpital enverra ses rubans.

Je te l'ai déjà dit, sois toujours véritable :
La vérité rend seule un sermon profitable.
Si, lorsque je t'entends, je puis m'apercevoir
Que fausse est la raison dont tu veux m'émouvoir,
Qu'ici loin du droit sens cette preuve est tirée,
Là, de cet argument la force exagérée,
Que d'un passage ailleurs tu détournes le sens,
Le reste m'est suspect. D'abord je me défends,
Et pour te savoir gré de ta vaine éloquence,
J'accuse ta malice ou plains ton ignorance.
Le peuple cependant aime la nouveauté ;
Il semble se complaire à la sévérité :
Quand un prédicateur de tout son cœur le damne,
C'est un docteur, un saint, ne fût-il qu'un profane,
Un ignorant, un fat ; chacun court après lui.
C'est ainsi qu'entre ceux qui prêchent aujourd'hui,
On en voit qui, n'ayant pour talent que l'audace,
Savent, vrais tabarins, charmer la populace [24].
Là le prédicateur damne en divertissant,
Et sur chaque péché fait le mauvais plaisant ;
Là tout est mis en œuvre, et dans nos cathédrales
On se sert sans rougir du langage des halles
Pour parler aux chrétiens, en style de cochers,
Des vertus qu'ils n'ont pas ou bien de leurs péchés.
Cependant, à le voir trancher sur la morale,
Traiter tout d'infamant, de crime et de scandale,
On dirait que le ciel, le députant exprès,
N'a confié qu'à lui ses oracles secrets :
Que seul de l'Évangile il a l'intelligence,
Et que le paradis est dans sa dépendance.
Enfin, quoi qu'il en soit, on l'écoute, on le suit ;
Mais de ses beaux sermons sais-tu quel est le fruit ?
Le peuple qui de tout avec le temps s'ennuie,
De ce nouvel apôtre examine la vie :
Aux dépens du prochain s'il fit rire les gens,
Le prochain à son tour fait rire à ses dépens ;
Partout on lui renvoie ses sermons, ses scrupules
On en fait tous les jours cent contes ridicules ;
Tout le monde s'en mêle, et je ne peux ici
Moi-même m'empêcher de faire celui-ci :

Un homme assez connu par ce vain caractère,
L'autre jour dans Paris prêchait à l'ordinaire.
Transporté d'un beau zèle, il vint à condamner
Les pécheurs qui se font en carrosse traîner.
Il répéta vingt fois que c'était chose atroce,
Et de péché mortel traita chaque carrosse.
En carrosse d'ami lui-même était venu ;
Heureux si dans la chaire il se fût souvenu
Que l'ami l'entendait assis dans l'auditoire !
Mais le zèle souvent fait perdre la mémoire.
Le sermon terminé, chacun pense au retour ;
Chacun monte en carrosse, et lui-même à son tour
Veut monter : mais l'ami l'arrête, et lui demande
Ce qu'il veut.—Moi ? ma place.—Hé quoi ! qu'on vous la rende
Oubliez-vous sitôt que ce serait pécher ?
Non, non, allez à pied, monsieur !... Roule cocher !

# CHANT QUATRIÈME.

Heureux furent ces temps libres du soin de plaire,
Où l'homme impunément pouvait être sincère,
Et n'avait point encore, avec sa liberté,
A la crainte, à l'espoir vendu la vérité!
De ces temps trop heureux courte fut la durée ;
Bientôt vint la fortune, et du monde adorée,
Elle enfanta le fourbe, instruisit le flatteur,
Mit partout en usage un langage imposteur,
Bannit la vérité, lui déclara la guerre,
Et ne lui laissa plus d'asile que la chaire.
    Ce fut là que du ciel nous annonçant les lois,
A la voix du mensonge elle opposa sa voix.
Et que les grands flattés apprirent à la craindre.
Mais les grands à leur tour osèrent la contraindre ;
La chaire en leur faveur admit les compliments,
Pour eux eut des égards et des ménagements ;
Et jusqu'après leur mort prenant soin de leur gloire,
D'un éloge funèbre honora leur mémoire.
    Oserais-je blâmer un usage établi ?
Va tirer, si tu peux, un grand nom de l'oubli,
Va te joindre à Fléchier dans cet emploi funèbre,
Et par là, comme lui, rendant ton nom célèbre,
Tu verras ton talent brigué par les héros,
Et, comptant sur ta voix, ils mourront en repos.
Je raille ; mais, abbé, que veux-tu que je dise ?
Sur cet art imposteur veux-tu que je t'instruise,
Alors qu'il ose en chaire, et non loin de l'autel,
Faire un héros, un saint, d'un coupable mortel ?
Refuse à ces flatteurs et vains panégyriques
Une voix destinée aux lois évangéliques :
Et pour louer un mort cherche d'autres garants
Que la foi des amis et l'orgueil des parents.

De sa vie au public demande les mémoires :
En vain sur ses aïeux feuilletant nos histoires,
Et le flattant d'un nom qu'il soutenait si mal,
Tu l'appelles vaillant, généreux, libéral ;
Cet éloge imposteur, que ton cœur désavoue,
Condamne et ton héros et ta voix qui le loue.
　　Cherche donc un héros qui t'offre plus qu'un nom,
Qui soit tel que Turenne [25]— ou tel que Lamoignon [26] ;
De ces sages enfin dont l'estime publique
A longtemps avant toi fait le panégyrique.
Et s'il en est encor, crois qu'un prédicateur
Ne doit pas même alors parler en orateur.
Ce n'est point Pline ici dont la voix mercenaire
Veut se faire payer l'encens dont il doit plaire ;
Ou qui dans le sénat chargé de haranguer,
Par de frivoles fleurs cherche à se distinguer.
Ne te propose point de suivre ce modèle ;
Tu parles dans le temple, où, victime immortelle,
Immolé pour nous tous ton Dieu même est présent.
Et qui viens-tu louer ? Immobile et pesant,
Cadavre en proie aux vers, ton héros te présente,
Du néant des grandeurs la preuve convaincante.
Pourrais-tu donc alors, aux yeux de l'Immortel,
Ayant la mort en face, au pied du saint autel,
Oubliant le dessein auquel on te destine,
Faire un panégyrique à la façon de Pline ?
　　Double abus, dont souvent se rendent criminels
Ceux qui, dans le lieu saint, à louer les mortels
Prodiguent une voix qu'adopte l'Évangile :
Complaisants et flatteurs, pleins d'un respect servile,
Ils viennent nous vanter de profanes mondains,
Et plus profanes qu'eux, dans leurs éloges vains,
On ne trouve partout que traits et que pensées
Des profanes auteurs en pompe ramassées.
　　Veux-tu voir dans la chaire un éloge goûté ?
Laisse là des pécheurs périr la vanité :
Pleure sur leur tombeau, donne-leur tes prières,
Mais cherche dans les saints de plus dignes matières ;
Apprends à les louer : c'est ce qu'en ton emploi,
L'Église attend encor et demande de toi.

Travaille, et ne crois pas, dans une pièce unique,
Avoir de quoi fournir chaque panégyrique.
Souvent dans un éloge un saint est enchâssé
Comme l'est un tableau dans son cadre placé;
Otez l'un, bientôt l'autre en remplira la place;
Et tel prédicateur, paresseux, plein d'audace,
Pourra prêcher demain, n'en changeant que le nom,
Tous les saints qu'on voudra sur le même sermon.
Ainsi sur trois d'entre eux j'ai vu le père Pancrace
Prêcher la même pièce. Il prêcha saint Ignace;
Ce saint un mois après devint saint Augustin;
Saint Augustin ailleurs se trouva saint Martin.
Si tu veux réussir, il faut, et tu l'avoues,
Que ton sermon soit fait pour le saint que tu loues.

Connais bien ton héros avant que d'en parler,
Sois bien sûr des vertus qui l'ont pu signaler;
Et ne t'avise pas, en voulant qu'on l'honore,
De nous faire un roman des vertus qu'on ignore.
Mais contre un fait reçu ne va point t'aheurter;
Et laissant Chatelain savamment discuter [27]
Si Madeleine fut impure et pénitente,
Peins-la comme on la peint; ta critique imprudente
Oterait au public, qui veut qu'elle ait péché,
L'exemple qu'il suppose et dont il est touché.

Ne crois pas, cher abbé, comme Laurent le pense,
Que d'être alors touchant ton sujet te dispense:
Il n'est aucun sujet où le prédicateur
N'ait dû se proposer de toucher l'auditeur.
Laurent, tu le connais, de bel esprit se pique,
Et croit qu'il est très fort sur le panégyrique;
A nul autre en ce genre il ne voudrait céder.
Je le vis l'autre jour. Dès qu'il put m'aborder:
« Je prêche, me dit-il, et vous viendrez m'entendre;
C'est un panégyrique.—Où?—Vous pourrez l'apprendre;
On doit avec mon nom ce soir même afficher
Et l'église et le saint qui m'engage à prêcher. »
En effet, dès le soir, auprès des Petits-Pères [28],
Je vis son nom écrit en fort gros caractères,
Qui sortait orgueilleux du milieu d'un placard.
Je m'approchai; je lus, quoiqu'il fût assez tard,

Et que son nom fût seul écrit en majuscules,
Qu'il devait dans trois jours prêcher aux Camaldules.[30]
C'est bien loin : mais j'y vais souvent, et j'ai l'honneur
De ces bons pénitents d'être le serviteur.
M'excuser, c'eût été faire injure à mon homme,
Qui croit que pour l'entendre on irait jusqu'à Rome,
Et qui d'ailleurs savait que Sucy n'est pas loin.
Pour finir ce détail dont tu n'as pas besoin,
Tu sauras que j'allai l'entendre. Quelle pièce!
Le cilice jamais n'eut plus de gentillesse,
Jamais saint Romuald du monde retiré [30],
De plus de faux brillants ne se trouva paré.
Il ne le fit jeûner que parmi l'abondance
Des plus friands morceaux d'une vaine éloquence;
En divine ambroisie il changea son pain bis,
De l'éclat du soleil il couvrit ses habits,
Il embellit de fleurs son lit et sa cellule,
Encensa lourdement l'austère Camaldule,
Et jusques à sa barbe ornant le saint patron,
Du prieur d'Arezzo il fit un Aaron.
    Tout était de ce goût. Jamais discours, je pense,
Ne m'a plus indigné. Quoi! de la pénitence,
Avoir dans son sujet un modèle si grand,
Et n'en pas dire un mot! Je ne pus, à Laurent,
Après qu'il eut prêché, déguiser ma colère :
« Quel fruit d'un tel sermon avez-vous donc cru faire?
Dis-je en raillant. —Quel fruit? moi, j'en fais quand je veux,
Dit-il, mais ce n'est pas un sermon fructueux,
Ce n'est pas un discours touchant et pathétique
Que l'on m'a demandé, c'est un panégyrique.
L'esprit seul doit briller dans l'éloge des saints,
Et nous laissons le fruit à faire aux capucins. »
Ce fut là sa réponse. Enivré de sa pièce,
Il prit mon compliment pour une impolitesse,
Et peut-être crut-il que je n'avais raillé,
Que jaloux de l'éclat dont il avait brillé,
Je ne me flattai pas de le pouvoir réduire.
    Mais toi qu'ici mes vers se proposent d'instruire,
Pourras-tu ne pas voir que de tous les discours
Que l'on peut faire en chaire, et qu'on fait tous les jours,

Nul ne s'offre à ta voix plus touchant, plus utile,
Plus propre à moissonner les fruits de l'Évangile,
Que l'éloge d'un saint où l'on voit éclater
Les vertus qu'un chrétien peut et doit imiter?
Ces vertus au pêcheur paraissent impossibles;
Parle, et fais voir qu'un saint, par ces vertus pénibles,
Ce saint dont à ta voix l'éloge est confié,
S'est conservé sans tache, ou s'est purifié.
    L'Église n'en a point dont le panégyrique
Ne soit pour les pêcheurs une leçon publique;
Autant qu'en le louant on doit avoir d'esprit
Pour mettre dans leur jour les vertus qu'on décrit,
Autant l'ayant loué, doit-on avoir de zèle
Pour en faire goûter et suivre le modèle;
Car vainement l'esprit de l'éloge est charmé,
Si par l'exemple aussi le cœur n'est enflammé.
A ce double dessein il faut que tu t'appliques,
Ou n'entreprends jamais aucuns panégyriques.
    Choisis d'abord ton texte. A la fête d'un saint,
Le choix t'en est permis, et tu n'es pas astreint,
Comme en un autre jour, de suivre un évangile;
Mais fuis l'allusion burlesque et puérile
De ceux qui sur un saint devant faire un sermon,
Recherchent dans le texte un rapport à son nom.
Ont-ils de saint Victor à publier la gloire,
Dès le texte à coup sûr ils parlent de victoire.
Dès le texte, croyant ce début éclatant,
Ils parlent de constance en louant saint Constant.
Fuis ce vain badinage et ce rapport frivole;
Sois plus simple et plus vrai : la divine parole
Demande un discours grave et toujours sérieux.
    Crois-moi, sans te piquer d'un début spécieux,
Prends, pour ne point donner dans ce jeu puérile,
De la fête du saint ton texte en l'Évangile.
L'Église, qui des saints a bien connu l'esprit,
L'a marqué par le texte à leurs fêtes prescrit,
Et donné, par le choix qu'elle en a voulu faire,
Un évangile propre à chaque caractère.
Pourquoi t'en écarter? Rassemble en tes desseins
L'esprit, le caractère et les bienfaits des saints;

Relève leurs vertus en leur jour exposées,
Mais n'emprunte jamais ces figures usées
Qui font à l'orateur, d'un esprit peu chrétien,
Détrôner tous les saints pour mieux placer le sien.
Décris les actions, rarement les miracles
(Car il faut des pécheurs éviter les obstacles),
Et laissant de côté les faits miraculeux,
N'en fais jamais un point, n'en dis qu'un mot ou deux,
De la foi dans les saints pour montrer la puissance,
Pour relever leur gloire et notre confiance.
    En racontant leur vie, abbé, souviens-toi bien
Qu'on te veut orateur et non historien ;
Illustre tes récits, mais je te le demande,
Que ton sermon jamais n'ait l'air d'une légende.
Supprime tout détail inutile au sujet :
Ne nous arrête point sur un frivole objet.
En peignant de saint Louis la bonté populaire,
Dis que de tout son peuple et le juge et le père,
Aux champs comme à la ville, à tous donnant accès,
Souvent assis sur l'herbe, il jugeait les procès,
Et recevait de tous la plainte ou le mémoire :
Mais ne t'avise pas, pour embellir l'histoire,
De faire de cette herbe un trône de gazon ;
Ce trône imaginaire et fait de ta façon
Semblerait dressé moins pour donner audience
Que pour placer un trait de ta vaine éloquence.
    Non que je blâme ici tous les traits figurés ;
Mais il faut que toujours au bon sens mesurés,
Employés rarement, tu n'en fasses usage
Que de la vérité pour mieux tracer l'image,
Augmenter du discours la force et l'onction,
Sans jamais détourner ailleurs l'attention.
    Peins donc toujours le vrai, fuis toute métaphore,
Qui, loin de le montrer, voilant ce qu'on ignore,
Ne sert qu'à faire voir dans un discours fardé,
L'esprit frivole et faux de l'orateur guindé.
    A l'image élégante et pourtant naturelle
Des vertus de ton saint, joins la force et le zèle
Pour corriger en nous les vices opposés,
Et mêle adroitement dans les points proposés

L'éloge et la morale ; et pour blâmer le vice,
N'attends pas réglément que l'éloge finisse.
C'est ainsi que stérile en use l'orateur ;
Il attend, pour instruire et toucher l'auditeur,
Que des vertus du saint il n'ait plus rien à dire,
Et finissant ainsi chaque point par instruire,
Souvent fait oublier, à la fin du sermon,
Du saint qu'il a prêché les vertus et le nom.
    Place mieux ta morale et crains qu'elle n'ennuie,
Quand après un éloge il faut que l'on essuie
Une conclusion, inutile morceau
Qui fait à l'auditeur craindre un sermon nouveau.
Finis donc par ton saint, et que ta voix retrace
En deux mots bien pensés et bien mis à leur place,
Ce que ton éloge a parfaitement touché :
Le bien qu'en tous pays son exemple a prêché.
Mais entre les vertus que prêche son exemple,
Sache encor te fixer. La morale en est ample,
Et tu ne dois choisir, sage prédicateur,
Que celle qui convient à ton seul auditeur.
En prêchant saint Matthieu, montre combien fidèle
Doit être le chrétien, quand la Grâce l'appelle ;
Ou si des publicains tu crois devoir parler,
Fuis tous ceux qu'on pourrait par leurs noms appeler ,
Noms connus, détestés, et devenus proverbes,
Depuis qu'on les a vus, voleurs durs et superbes,
Profitant des malheurs d'un siècle infortuné,
Changer en or la fange où chacun d'eux est né.
    N'attaque point des gens que tout le monde abhorre ;
Laisse ces scélérats, que personne n'ignore ;
On les attaque en vain  Tout le monde, crois-moi,
Par l'horreur qu'il en a les prêche mieux que toi.
Sans fruit de leurs péchés tu tracerais l'image,
Chacun peint de l'enfer en eux le noir ouvrage.
Que serviraient les traits dont tu peux les noircir ?
Quand le sermon irrite, il ne fait qu'endurcir.
Ne parle que de ceux dont l'usure cachée
Ne peut que par ta voix leur être reprochée ;
De ces honnêtes gens qui, croyant tromper Dieu,
Font le honteux métier qu'abjura saint Matthieu.

Surtout, ne l'oublie pas, défends à ta morale
Les portraits qui font moins de fruit que de scandale;
Ne peins que les pécheurs que l'on peut réformer,
Ne fais que les portraits qui ne font point nommer.
Ainsi de chaque saint selon son caractère,
Tirant une morale utile et salutaire,
Tes éloges pourront instruire, édifier,
Faire honorer les saints, et nous sanctifier.

Abbé, je crois t'entendre, et qu'à propos d'éloges,
Sur un bizarre usage ici tu m'interroges;
Cet usage établi de faire aux auditeurs
Que distingue le rang, des compliments flatteurs.
A qui n'en fait-on pas? Aux évêques, aux princes,
Et jusqu'aux intendants envoyés aux provinces;
Enfin, pour ceux qu'on voit et riches et puissants,
Aucun prédicateur n'est avare d'encens.
Encor même par là ne se croit-on pas quitte:
Un grand vient au sermon, il faut qu'on le visite,
Et descendant de chaire on court remercier
L'obligeant grand seigneur que l'on vient d'ennuyer.

Que te dirai-je, abbé, puisque tel est l'usage?
Viendrai-je seul ici crier d'un ton sauvage :
«O lâche complaisance! O triste aveuglement!
Quoi! saint Paul à Festus fit-il un compliment [31]?
Crut-il devant les grands devoir changer de style?
A-t-il loué Félix? a-t-il flatté Drusile?»
Non, ce serait en vain; pourquoi m'obstinerais-je
A condamner ici cet innocent manége?
Suis donc la coutume, mais rends-la respectable;
De prêcher les puissants on n'est jamais coupable,
Pourvu que se bornant à les complimenter,
Dans le vice jamais on n'aille les flatter;
Et qu'éclate au besoin cette voix de tonnerre
Dont Dieu veut que l'on parle à ces dieux de la terre,
Quand fiers de leur grandeur, de leurs titres parés,
Loin des routes du ciel ils marchent égarés.

Tu peux donc, cher abbé, tu peux suivre l'usage;
Et puisqu'enfin prôné comme un grand personnage,
La Cour te doit connaître, et ne peut différer
De vouloir à son tour t'entendre et t'admirer,

Tiens ton compliment prêt. Un compliment chrétien,
S'il est fait noblement, réussit toujours bien.
    Mais peut-être à la Cour tu cherches à paraître
Moins pour apprendre aux rois qu'au ciel ils ont un maître,
Que pour voir les placards qu'on affiche pour toi
Te nommer fièrement prédicateur du roi ?
Que dis-je? vain honneur! qualité qui d'un moine
Peut flatter l'humble orgueil, et dont le père Antoine
Éblouit son couvent! D'un autre espoir touché,
Tu crois faire à la Cour éclore l'évêché
Que couvent tes talents, que tes sermons mitonnent?
Mais crois-tu donc qu'ainsi les évêchés s'y donnent?
    Combien en a-t-on vus dont l'espoir orgueilleux
N'a moissonné qu'affronts en ce champ périlleux?
La carrière à fournir fut toujours difficile ;
On n'y pardonne rien : la voix, l'air et le style,
Le discours, l'action, tout est examiné,
Et dès qu'un mot déplaît, le reste est condamné.
La franchise en ces lieux, la probité chrétienne,
S'y trouvent rarement, et se souffrent à peine.
On n'y peut cependant voir le prédicateur
Flatter, dissimuler, mollir sur l'auditeur ;
Tous attendent de lui l'image de leurs vices,
Et souvent cette image irrite leurs caprices,
Et le prédicateur est traité d'indiscret
Pour avoir su trop plaire en faisant leur portrait.
    Ne va point à la Cour que la Cour ne t'appelle,
Et crains de prendre, hélas! ta vanité pour zèle;
Borne enfin tes désirs; sache te contenter
De ne prêcher que ceux qui veulent t'écouter.
    Laurent prêche à la Cour, Florent prêche au village ;
Lequel des deux sur l'autre a le plus d'avantage?
A Laurent on s'endort, et l'on pleure à Florent :
Florent, crois-moi, l'emporte, et vaut mieux que Laurent.
    Si d'un astre ennemi l'aspect peu favorable
T'a de prêcher les grands fait naître peu capable,
Pourquoi de tes sermons leur donner l'embarras,
Et prêcher sans profit à qui n'écoute pas?
Choisis, choisis un champ à tes soins moins rebelle,
Suis dans les missions Honoré qui t'appelle [32],

Au village, avec lui, fais entendre ta voix,
Fais par nécessité ce qu'il a fait par choix.
C'est tenir trop longtemps ton talent inutile,
Que d'ennuyer la Cour, que d'endormir la ville.
Il est d'autres moissons. Les pécheurs égarés
De ces eaux que tu perds sont ailleurs altérés.
Abbé, leur ignorance accuse ta mollesse.
Mais, que dis-je? est-ce à toi que ce discours s'adresse,
A toi qu'exprès le ciel forma, si je t'en crois,
Pour convertir les grands et pour prêcher les rois?
  Eh bien! du ciel sur toi cours donc remplir l'attente,
Fais entendre aux mortels cette bouche éloquente;
Monte en chaire, il est temps. — Çà, dis-tu, je le veux,
Qu'on me vienne raser, qu'on poudre mes cheveux,
Qu'on me frise et m'ajuste... — Abbé, que veux-tu faire?
Par ces profanes soins, à qui veux-tu donc plaire?
Ce vain ajustement siéra-t-il à la voix,
Qui doit nous annoncer, nous faire aimer la croix?
Tu t'embellis le teint pour prêcher l'abstinence!
Tu t'ajustes pour faire aimer la pénitence!!!
  Heureux qui dans l'Église à prêcher engagé,
Fut d'un air agréable en naissant partagé!
Mais malheur à celui qui le croit nécessaire.
Il est d'autres moyens de toucher et de plaire;
Je te l'ai dit cent fois, je dois le répéter :
Abbé, c'est le sermon qui doit faire écouter.
  Garde-toi toutefois de négliger le reste.
Prends en montant en chaire un visage modeste,
Un air qui par avance annonce à l'auditeur
Que c'est Dieu qui lui parle, et non un orateur.
  Commence, et que ta voix avec soin mesurée,
N'aille point en éclats se perdre dès l'entrée.
Pourquoi crier toujours? Daigne un peu me parler;
Après, s'il est besoin, tu pourras quereller.
Pourtant des auditeurs consulte le génie,
Les grands veulent qu'on parle, et le peuple qu'on crie;
Tu dois selon leur goût les servir tour à tour,
Crier à Saint-Eustache et parler à la Cour.
  Ménageant de ta voix la force et l'étendue,
Fais que partout sans peine elle soit entendue;

L'un, fuyant la lenteur, court toujours en parlant ;
Craignant d'aller trop vite, un autre devient lent ;
On ne peut suivre l'un, l'autre on ne peut l'attendre :
Je les laisse prêcher, je sors sans les entendre.
    Un sermon qu'on sait mal fatigue l'auditeur,
Il a toujours ou trop ou trop peu de lenteur.
La mémoire qui tremble, ou se hâte, ou s'arrête ;
Il faut, quand tu la dis, que ta pièce soit prête,
Avec soin, cher abbé, tu dois l'étudier,
Tu dois de ta mémoire aussi te défier :
Tu sais quelles en sont quelquefois les disgrâces,
Quand un mot qui t'échappe, ou qu'imprudent tu passes,
T'arrête, ou sur tes pas te faisant revenir,
Te trouble, te fait taire, et brusquement finir.
    Jamais à l'orateur le malin auditoire
N'a pardonné l'affront que lui fait sa mémoire ;
Pour peu qu'il s'embarrasse et tremble en hésitant,
Il voit chaque auditeur, par un rire insultant,
Faire éclater soudain cette joie inhumaine
Que nous donnent d'autrui l'embarras et la peine ;
Il s'élève un bruit sourd, qui jusqu'au bénitier
Passe à travers les rangs de l'auditoire entier.
En vain l'homme d'esprit, auditeur bénévole,
Les yeux sur l'orateur, l'anime, le console,
Et veut que, soutenant et son geste et sa voix,
Il calme sur-le-champ le murmure bourgeois...
Il n'est plus temps : surpris, confus de sa disgrâce,
Toujours de plus en plus lui-même il s'embarrasse ;
Plus il cherche en tremblant son discours préparé,
Plus il en perd le fil et se trouve égaré.
    Accablé de l'affront, quel parti peut-il prendre ?
De la chaire soudain osera-t-il descendre ?
Et d'un sommeil moins long qu'ils ne s'étaient promis,
Éveillant en sursaut les bedeaux endormis,
Les hâter de s'ouvrir dans la foule immobile,
Trois quarts d'heure trop tôt, un chemin difficile ;
Et lire en tous les yeux qu'il rencontre en passant
Le reproche secret d'un affront si récent ?
La honte est trop publique, il ne peut s'y résoudre,
Il aime mieux poursuivre, et tâchant de recoudre

Ce qu'il peut du naufrage arracher de débris,
Au sermon oublié suppléer par ses cris.
  C'est alors qu'attentif à fournir l'heure entière,
Et saisi de la peur de manquer de matière,
On le voit, s'écartant dans les digressions,
Ou croyant se sauver par les citations,
Toujours en pleine mer rejeté par l'orage,
Sans trouver aucun port, errer loin du rivage.
En vain à ses clameurs le bedeau s'éveillant,
De la fin du sermon avertit en bâillant;
En vain trois fois du peuple, à la prévoir habile,
Tombent sur tous les bancs les chapeaux à la file,
Sourd, aveugle au signal, il poursuit éperdu,
Et ne se tait que quand, n'étant plus entendu,
Il voit chaque auditeur, pour comble de disgrâce,
Le laissant presque seul, abandonner la place,
Et se plaindre en sortant du prêcheur oublieux
Qui leur fit avaler un sermon ennuyeux.
  Que toujours donc par cœur ta pièce soit apprise;
Mais aussi qu'à l'esprit la mémoire soumise,
N'ose point le gêner, et reçoive aisément
D'une phrase ou d'un mot le soudain changement.
Sois prêt, quand tu la sens vacillante ou confuse,
De trouver d'autres mots pour ceux qu'elle refuse;
Le discours, je l'ai dit, à la hâte enfanté,
N'a ni le même sel, ni la même beauté:
Mais enfin il vaut mieux, quand il coule sans peine,
Qu'un discours mieux rangé que la mémoire gêne.
  Possède-toi partout, et conserve, en disant,
L'esprit sur ton sujet attentif et présent;
Ne le perds point de vue, et quoi que tu proposes,
Parais moins t'appliquer aux paroles qu'aux choses.
  Ménage aussi ton feu. Souvent un orateur
Croit à force de cris échauffer sa lenteur,
Et n'ayant point en lui cette ardeur qu'on tolère,
Emprunte en s'agitant une ardeur étrangère:
C'est ainsi que, sentant approcher le combat,
On voit que s'étourdit le timide soldat;
Il semble par ses cris appeler son courage,
Tandis que le héros, tranquille dans l'orage,

6

D'un geste ou d'un regard portant partout l'effroi,
Sort vainqueur de Senef, de Lens et de Rocroi[33].
Ce n'est point par le bruit qu'on marque sa vaillance ;
Ce n'est point par le bruit qu'on soutient l'éloquence ;
Et le prédicateur aura beau s'agiter,
S'il n'a dans lui le feu qu'il tâche d'exciter.
C'est en vain qu'il le cherche, et quelque effort qu'il fasse,
Le front couvert de sueur, il me paraît de glace.

    Jamais en prononçant ne fais ces grands efforts
Qui semblent disloquer et mouvoir tout le corps ;
Aux gestes naturels que ta main exercée,
Obéisse à ta voix et marque ta pensée.
Que l'œil suive la main, se ferme rarement,
Et toujours du discours s'accorde au mouvement.

    Sois et parais touché. Sans art et sans étude,
Ton geste aura toujours assez d'exactitude ;
La nature conduit la main, l'œil et la voix,
Et les fait au discours accommoder tous trois.
L'art ne doit te servir qu'à te régler sur elle ;
Car toujours la nature est élégante et belle.
Ces gestes déréglés, ces dehors vicieux,
Dont Lucas et Senlèque, auteurs ingénieux,
Ont tracé dans leurs vers la burlesque peinture,
Ne sont point ceux que forme ou prescrit la nature.

    C'est là pourtant l'erreur dont on s'est aveuglé.
Prenant pour naturel tout geste déréglé,
Tel qu'à plus de justesse en vain on sollicite,
De la grossièreté croit se faire un mérite.
Tous ses amis ont beau lui dire et lui crier :
« Changez cet air, ce ton, ce geste si grossier.
— Non, répond-il, grossier jusque dans sa réponse,
Je ne puis devenir beau prêcheur, j'y renonce. »
De cette folle erreur tâche, désabusé,
D'avoir, en prononçant, cet air, ce geste aisé
Que donne la nature ou que l'art nous enseigne,
Mais que pourtant ce soin jamais ne te contraigne.
Je t'aime mieux grossier, que si, toujours contraint,
Tu suivais la mesure où ton geste s'astreint.
Parle avec art ; mais crains que ton exactitude
Ne nous laisse de l'art apercevoir l'étude.

Donne de bons sermons, prêche comme Joly [34],
Je te pardonnerai de n'être pas poli.

Joly, je m'en souviens ( j'ai vu, dans mon enfance,
A ses prônes courir le peuple en affluence),
Joly semblait vouloir faire, à force de bras,
Entrer le repentir dans les cœurs scélérats,
Tant son geste agité gardait peu de mesures.
Et Giroust (tu l'as vu, du moins tu te figures [35]
Ce qu'il dut être au bruit que fait encor son nom),
Giroust faisait trembler les pécheurs au sermon,
Savant, les convainquait, touchant, les faisait craindre,
Sans que jamais pourtant on ait pu le contraindre
D'arranger mieux son geste et de s'étudier
A se donner un air moins rustre et moins grossier.

En faveur du sermon l'on pardonne le reste ;
Est-il prédicateur qui ne pèche en son geste?
Dont la voix, l'action, n'ait rien de dur, de faux?
Combien dans les meilleurs trouve-t-on de défauts?
L'un, affectant d'avoir une voix délicate,
Dit du bout de la langue un sermon qu'il frelate.
L'autre semble en prêchant répéter sa leçon.
L'un, de chaque finale en aigrissant le son,
Semble dans le Palais un avocat qui plaide.
Dans un autre un ton bas si réglément succède
Aux tons plus élevés, qu'on dirait que deux voix,
Que deux prédicateurs nous prêchent à la fois.
L'un s'exprime toujours avec enthousiasme,
Et l'autre en nous damnant semble oppressé d'un asthme ;
L'un, serrant trop les dents, nous parle du gosier ;
L'autre, les ouvrant trop, s'égosille à crier.
L'un fronce le sourcil, l'autre fait la grimace.
Ici l'un semble prêt à sauter de sa place ;
L'autre à sa chaire est là comme un terme attaché.
L'un semble, en le blâmant, ricaner au péché ;
L'autre, joignant les mains et fermant la paupière,
Semble en invectivant faire à Dieu sa prière.
L'un arrondit les bras sur la hanche placés ;
L'autre toujours en l'air les jette balancés.
Chacun a ses défauts ; l'auditeur les pardonne
Quand la pièce d'ailleurs est ou lui paraît bonne.

De quelque air qu'on prononce, il écoute, applaudit,
Et méprise un sermon quand il n'est que bien dit.
  Si trois siècles plus tôt la sublime sagesse
D'un Dieu né parmi nous eût éclairé la Grèce,
Démosthène, crois-moi, du profane orateur
Distinguant mieux l'apôtre et le prédicateur,
A la seule action n'eût point semblé réduire
L'art de persuader, dont il voulait instruire :
Mais quand, docte orateur, on le vit avancer
Que ce grand art consiste à savoir prononcer,
On ignorait encor la puissance suprême
De cette vérité qui parle d'elle-même ;
On ignorait que Dieu, voulant la publier,
N'emploîrait que la voix de l'artisan grossier.
  Ces temps sont arrivés. A ta voix confiée,
La même vérité doit être publiée.
Laisse donc au barreau, laisse à d'autres la loi
Qu'établit Démosthène. et ne la prends pour toi
Qu'autant que tu sauras joindre l'art de bien dire
Aux soins plus importants que tu dois te prescrire.
Dis, si tu peux, ainsi que Démosthène eût dit,
Mais du pêcheur saint Pierre aie le zèle et l'esprit.
  Songe à nous convertir, et ne pense à nous plaire,
Que quand pour nous toucher ce soin est nécessaire,
Et que tes auditeurs, aisés à rebuter,
Veulent que l'action aide à faire écouter.
En ce point seulement ménage leur faiblesse ;
Corrige tout défaut, tout dehors qui les blesse,
Et de ta voix d'abord fais-leur aimer les sons,
Pour leur en faire après mieux goûter les leçons.
Prêtre d'un Dieu clément et toujours charitable,
Tu dois pour l'annoncer rester infatigable,
Accommoder ton zèle à des goûts différents,
Et prêcher aussi bien le peuple que les grands.
  Ne dis point qu'à la Cour le zèle est inutile,
La Cour a des chrétiens aussi bien que la ville ;
Et l'on doit d'autant plus y ramener la foi,
Que la Cour sert d'exemple et du peuple est la loi.
Quel fruit plus consolant attends-tu de tes peines,
Que de voir, de l'éclat des fortunes humaines,

Les grands moins éblouis, jaloux d'un autre honneur,
Des bienheureux élus désirer le bonheur?
Sur leurs égarements quoique tous s'étourdissent,
Peut-être quelquefois en secret ils gémissent
De se voir loin du ciel, pour lequel ils sont nés,
Envier leur bonheur et vivre infortunés.
   Profite des moments où leur oreille écoute,
Et d'un autre bonheur leur découvrant la route,
Fais-leur sanctifier et porter en chrétiens
Du joug de leur grandeur les superbes liens.
Découvre le poison que cachent leurs maximes;
Mais ne te borne pas à combattre leurs crimes :
Fais-leur connaître encor, censeur plus rigoureux,
Qu'un plaisir innocent est souvent dangereux.
Apprends-leur qu'un péché puni par le scandale
N'est qu'à demi détruit, et qu'en vain on étale
D'une conversion l'équivoque dehors,
Si le cœur ne suit pas la réforme du corps.
Ainsi sur chaque point leur foi développée
Maudira les erreurs dont leur âme est trompée;
L'honnête homme à la Cour redeviendra chrétien,
Et croira faire un mal de ne pas faire un bien.
Alors, de la vertu trop funestes obstacles,
L'attachement au jeu, les profanes spectacles,
Ne seront plus traités d'usages innocents;
L'indispensable loi de réprimer ses sens,
Et de fuir les écueils de la vertu chrétienne,
Justifiera ta voix qui veut qu'on s'en abstienne.
   Des sermons à la Cour tel doit être le fruit;
Tel le cherchent tous ceux que la chaire y produit.
Là Bossuet [36], Grignan, Mascaron, Fromentieres [37],
Le Roux [38], Faure [39] et dom Cosme [40] ont porté la lumière.
Là Bourdaloue, encor plus que jamais goûté,
Démontre et fait peut-être aimer la vérité
Déjà Gaillard le suit, et de ce grand modèle [41]
Il imite la force et seconde le zèle;
Et bientôt, comme Hubert, applaudis à la Cour [42],
On verra Soanen [43] et la Roche [44] et la Tour [45].
Là bientôt dom Jérôme, annonçant l'Évangile [46],
Moissonnera les fruits qu'il moissonne à la ville;

6,

Là l'éloquent Fléchier, le touchant Desalleurs,
Dans Boileau, dans Anselme [47] auront des successeurs.
Là bientôt, animé d'une plus noble audace,
Viendra tonner La Rue, et quittant le Parnasse [48],
On entendra la voix qui charma les neuf Sœurs
Établir de la foi l'empire et les douceurs.
    O ! s'il m'était permis de nommer par avance
Ceux qui, nés pour la chaire, en fondent l'espérance,
Et qui dans les couvents s'essayant quelquefois,
N'ont encor qu'à demi fait entendre leur voix,
De combien d'autres noms brillerait cet ouvrage !
Ici pour exciter ton zèle et ton courage,
Je te pourrais nommer La Ferté, Massillon [49,50],
Surian et Portail, Cheminais et Bignon [51].
Combien d'autres encor vont partager leur gloire !
Fils éloquents d'Ignace ou bien de l'Oratoire,
Nourris dans la Sorbonne, élèves des docteurs,
Combien seront un jour de grands prédicateurs !
Pour sauver les pécheurs chaque ordre en fera naître,
Et mes vers à leur gloire auront servi peut-être ;
Du moins, si d'âge en âge on y lit mes avis,
On applaudira ceux qui les auront suivis.


FIN.

# NOTES.

[1] On affichait à cette époque, dans toutes les églises de Paris, la liste des prédicateurs de l'Avent et du Carême.

[2] Lamoignon (Chrétien-François), fils aîné de Guillaume de Lamoignon, premier président du parlement de Paris, mort en 1709, après avoir été lié, comme son père, avec tous les hommes distingués de son temps.

[3] Saint Paul, I Cor., 3, 6.

[4] Fameux comédien du dix-huitième siècle.

[5] L'hôtel de Bourgogne, où était alors la Comédie-Française.

[6] Tous ces vocables appartiennent à des églises de Paris.

[7] On appelle grêle, à cause de sa forme et de sa transparence analogues à celles d'un grain de grêle, une petite tumeur arrondie qui se développe dans l'épaisseur du bord libre des paupières; on est souvent obligé d'en pratiquer l'ablation.

[8] Paroisse, aujourd'hui démolie, d'un des quartiers les plus pauvres de Paris.

[9] L. VII, *Epist. famil.*

[10] Jacques Davy DUPERRON, né à Rome en 1556. Nommé lecteur de Henri III après avoir abjuré le calvinisme et embrassé l'état ecclésiastique, il fut promu à l'évêché d'Evreux lorsqu'il eut abandonné le parti du cardinal de Bourbon, son bienfaiteur, pour s'attacher à celui de Henri IV. Les services qu'il rendit à la cour de Rome lui valurent plus tard le chapeau de cardinal, et il obtint du roi l'archevêché de Sens pour avoir contribué à rétablir la paix entre le saint-siége et les Vénitiens. Mort en 1618.

[11] Nous n'avons pu trouver, malgré toutes nos recherches, l'explication précise de ce mot, dont le sens est d'ailleurs à peu près indiqué dans les vers qui précèdent.

[12] Il est inutile de faire remarquer que l'usage, aujourd'hui, condamne formellement ce précepte.

[13] Jacques BINOAT, de la Compagnie de Jésus, mort en 1666, avec le titre de prédicateur du roi.

[14] Claude de LINGENDES, recteur du collége de Moulins, mort en 1660. On le regarde comme un des prédicateurs qui contribuèrent le plus à bannir de l'éloquence de la chaire les jeux de mots qui la déshonoraient. On lui doit aussi cet aphorisme qui depuis est devenu si célèbre : «Quand un prince peut faire tout ce qu'il veut, il veut tout ce qu'il peut.»

[16] Louis BOURDALOUE, né à Bourges en 1632, mort à Paris en 1704. Madame de Sévigné écrivait à sa fille, qu'elle n'avait jamais entendu rien de plus beau, de plus noble et de plus pathétique que les sermons de cet illustre prédicateur.

[17] Jules MASCARON, né à Marseille en 1634, mort à Paris en 1703. Ce célèbre prédicateur eut le courage de rappeler devant Louis XIV la mission du prophète Nathan, chargé de la part du Seigneur d'aller annoncer à David la punition de son adultère. Il osa même ajouter à cette allusion, déjà si forte, les paroles que saint Bernard adressait aux princes de son temps: « Si le respect que j'ai pour vous ne me permet de dire la vérité que lorsqu'elle est voilée par des réticences, il faut que vous ayez plus de pénétration que je n'ai de hardiesse, et que vous entendiez plus que je ne vous dis.»

[18] Démosthène.

[19] Esprit FLÉCHIER, évêque de Nimes, et prédicateur du plus grand mérite, mort en 1710. Il fut surnommé l'Isocrate de la chaire.

[20] BARLETTE (Gab.), prédicateur dominicain du seizième siècle, se fit une grande réputation par des sermons qu'on ne lit plus aujourd'hui que pour les étranges bizarreries qu'ils contiennent.

[21] MENOT (Michel), prédicateur cordelier du seizième siècle. Ses sermons renferment beaucoup plus de grossièretés et de bouffonneries que les sermons de Barlette et de Maillard eux-mêmes.

[22] Le sermon dont il est ici question est celui qu'un prédicateur du temps prononça devant le grand Condé, sur ces paroles : *Omnis caro fœnum.*

[23] HARLAY DE CHANVALON (François), archevêque de Paris. Mort en 1695, au château de Conflans.

[24] Tabarin, farceur, bouffon. Ce mot a été introduit dans notre langue par les écrivains du dix-septième siècle, contemporains du célèbre charlatan de ce nom.

[25] Henri de la Tour d'Auvergne, vicomte de TURENNE, né à Sedan en 1611, tué près de Salzbach en 1675. Il fut l'un des plus grands capitaines de son siècle ; mais l'incendie, la dévastation et le pillage des campagnes du Palatinat sont une tache dont la postérité la plus reculée flétrira sa mémoire.

[26] Guillaume de LAMOIGNON, premier président du parlement de Paris, né en 1617, mort en 1677. En lui apprenant sa nomination à ce poste éminent, Louis XIV lui dit : « Si j'avais connu un plus homme de bien et un plus digne sujet, je l'aurais choisi.»

[27] L'abbé Chatelain, savant critique, mort en 1743.

[18] Paroisse de Paris que l'on désigne plus communément aujourd'hui sous le nom de Notre-Dame des Victoires.

[29] Célèbre couvent fondé dans les premières années du dix-septième siècle, sous l'invocation de saint Romuald, prieur de l'ordre. Il était situé au milieu des bois, près de la petite ville d'Yères, à cinq lieues au sud-est de Paris. Le joli village de Sucy, dont il est parlé plus loin, n'était séparé de ce couvent que par les dépendances du château de Grosbois et la petite ville de Boissy-Saint-Léger.

[30] Saint Romuald, né à Ravenne vers 956, mort en 1027. Ce fut lui qui érigea près d'Arezzo, en Toscane, le célèbre monastère des Camaldoli, d'où sortit plus tard l'ordre religieux des Camaldules.

[31] Act. 24, 25.

[32] Le père Honoré de Cannet, fameux missionnaire, mort en 1729.

[33] Batailles gagnées par le grand Condé en 1674, 1648 et 1643.

[34] Claude Joly, prédicateur distingué, mort en 1678. Il a laissé huit volumes de prônes et de sermons.

[35] Jacques Giroust, de la Compagnie de Jésus, mort en 1689, avec la réputation d'avoir été un des meilleurs prédicateurs de son temps.

[36] Jacques-Bénigne Bossuet, né à Dijon en 1627, mort à Paris en 1704. Ses oraisons funèbres sont les chefs-d'œuvre d'une éloquence qui ne pouvait pas avoir de modèle dans l'antiquité, et que personne n'a égalée depuis.

[37] Jean-Louis de Fromentières, mort en 1684. Prédicateur de beaucoup de talent ; ce fut lui qui prêcha pour la prise d'habit de madame de La Vallière.

[38] Guillaume Le Roux, prédicateur du roi, mort en 1693.

[39] François Faure, évêque d'Amiens, sous-précepteur de Louis XIV, mort en 1687.

[40] Cosme de Saint-Etienne de Villiers, religieux carme, mort en 1758. Ses succès dans la prédication lui donnèrent une grande célébrité sous le nom de dom Cosme.

[41] Honoré Gaillard, mort en 1727.

[42] Mathieu Hubert, oratorien et prédicateur, mort en 1717.

[43] Jean Soanen, évêque de Senez, mort en exil, en 1740, pour s'être refusé d'accéder à la bulle *Unigenitus*.

[44] Jean-Baptiste Louis de la Roche, docteur en Sorbonne, prédicateur du roi.

[45] Pierre-François de la Tour, supérieur général de l'Oratoire, mort en 1733.

[46] Claude Geoffrin, religieux franciscain, plus connu sous le nom de dom Jérôme, mort en 1724.

[47] Antoine Anselme, mort en 1737.

**48** Charles de LA RUE, prédicateur et humaniste, mort en 1725. Il fut l'ami du grand Corneille et du célèbre comédien Baron, sous le nom duquel il fit représenter plusieurs pièces de théâtre.

**49** Louis de LA FERTÉ, mort en 1732.

**50** Timoléon CHEMINAIS DE MONTAIGU, mort en 1689. Il acquit un grand renom dans l'éloquence de la chaire, et ses sermons, réimprimés plusieurs fois, trouvent encore de nombreux lecteurs.

**51** Jean-Baptiste MASSILLON, né à Hyères en 1663, mort à Paris en 1742. Son *Petit Carême*, chef-d'œuvre admirable de douceur, de grâce et de morale toujours éloquente, l'a fait surnommer le Racine de la chaire. On lui demandait un jour quel était le meilleur de ses sermons : « Celui que j'ai fait le mieux, » répondit-il.

**FIN DES NOTES.**

*Chez le même Éditeur.*

**Instructions pour les domestiques**, ou Traité des devoirs des domestiques envers leurs maîtres, par l'ABBÉ FLEURY, auteur des *Mœurs des Israélites et des Chrétiens*. 1 volume in-32. Prix :              15 c.

« Aux deux derniers siècles, on a écrit, soit en France, soit à l'étranger, un assez grand nombre de petits livres sur le service des domestiques. Le plus remarquable de ces traités est celui qui a été composé par le bon abbé Fleury, sous-précepteur des enfants de France. C'est un ouvrage de haute morale, bien pensé, bien écrit, non moins utile qu'instructif, et qui n'a point été effacé par ceux qui l'ont suivi.»

(*Magasin pittoresque*, 1852.)

**Le Brahme voyageur**, ou la Sagesse populaire de toutes les nations, par M. FERDINAND DENIS. 5e édition. Prix : **1 fr.**

Ce livre a obtenu un immense succès, succès des plus légitimes, car s'il est petit de volume, il est gros de science.

L'auteur a mis en scène un jeune brahme des bords du Gange, qui parcourt le monde, allant à la recherche de la sagesse populaire, et ne rentre dans son pays que chargé d'un riche butin qu'il a recueilli chez toutes les nations de la terre.

Un pareil livre ne s'analyse pas ; nous nous contenterons donc, pour en donner une idée exacte, de suivre le jeune brahme et de glaner sur ses pas quelques-unes des précieuses pensées qu'il a pu recueillir.

C'est d'abord, dans son propre pays, cette maxime que le voyageur retrouvera partout :

« Ne faites pas à autrui ce que vous ne voudriez pas qui vous fût fait.»

Puis en Perse :

« Jouis des bienfaits de la Providence, voilà la sagesse ; fais-en jouir les autres, voilà la vertu.»

« Chaque feuille d'un arbre vert est aux yeux du sage un feuillet du livre qui enseigne la connaissance de Dieu.»

« L'aumône est le sel des richesses ; sans ce préservatif, elles se corrompent.»

En Arabie :

« L'omission du péché est meilleure que l'exécution de la pénitence.»

En Chine :

« En limant, on fait d'une poutre une aiguille.»

« Quand tu es seul, songe à tes défauts ; quand tu es en compagnie oublie ceux des autres.»

En Espagne :

« C'est la vie passée qui rend la vieillesse soucieuse.»

En Portugal :

« Les diamants ont leur prix ; les bons conseils n'en ont point.»

En Italie :

« Les faux amis sont comme l'ombre d'un cadran : elle paraît si le ciel est serein ; elle se cache s'il est nébuleux.»

En France :

« Aide-toi, le ciel t'aidera. »

« La clef dont on se sert est toujours claire. »

« Placer l'esprit avant le bon sens, c'est placer le superflu avant le nécessaire. »

« Notre bonheur n'est qu'un malheur plus ou moins consolé. »

En Angleterre :

« Un oiseau dans la main vaut mieux que deux dans un buisson. »

« L'avare est comme un chien dans une roue, qui tourne la broche pour les autres »

« Un paresseux est frère d'un mendiant. »

En Allemagne :

« Sois colimaçon dans le conseil, oiseau dans l'action. »

En Russie :

« On reçoit l'homme suivant l'habit qu'il porte, on le reconduit suivant l'esprit qu'il a montré. »

En Turquie :

« On ne jette pas de pierres à l'arbre stérile. »

En Palestine :

« Celui qui a pitié du pauvre devient le créancier de Dieu même qui lui rendra ce qu'il aura donné. »

Puis ce mot, le plus grand qui ait été dit à l'humanité :

« Aimez votre prochain comme vous-même. »

Nous bornerons là nos emprunts. C'est assez pour faire comprendre ce qu'un pareil livre a dû coûter de travail. Mais ce que nous devons ajouter, c'est que l'auteur, dans son récit, s'est tenu constamment à la hauteur des maximes que nous venons de citer. Cellini d'un nouveau genre, il a renfermé ces perles précieuses dans un écrin admirablement ciselé. Aussi a-t-il obtenu les suffrages de l'Académie, suffrages qui ont été sanctionnés par le public. Le *Brahme voyageur* en est à sa cinquième édition ; c'est un succès bien rare et bien consolant, surtout dans un siècle où les œuvres futiles font plutôt leur chemin que les œuvres sérieuses.

(*Journal des Villes et des Campagnes*, 1856.)

**Voyage dans les forêts de la Guyane**, par MALOUET, ancien ministre de la marine. Nouvelle édition, publiée par M. FERDINAND DENIS. 1 volume in-32.　　　　　60 c.

**Jocko**, anecdote indienne, par CHARLES POUGENS. Quatrième édition. 1 volume in-32.　　　　　60 c.

www.ingramcontent.com/pod-product-compliance
Lightning Source LLC
Chambersburg PA
CBHW070820260626
47161CB00006B/2354